KB197672

우리의 실패가 쌓여 우주가 된다

우리의 실패가 쌓여 우주가 된다

김
지은

인터뷰
집

배우 김혜수 "인터뷰어 김지은과 한 인터뷰는 모든 게 달랐다. 내 삶의 일부를 누군가와 함께한다는 소중한 경험을 한 시간이었다. 결과적으로 '진짜 나'에 가장 근접한 인터뷰였다. 실패라는 단어가 따뜻함과 위로를 줄 수 있음도 느꼈다. 그의 인터뷰에는 공감과 위로, 깊은 연대감과 영혼의 구원이 담겨 있다."

작가 홍인혜 "'연대기'는 연대순으로 적은 기록을 말하지만, 인터뷰를 마치고 알게 된 건 내가 실패와 연대하며 살아왔다는 사실이었다. 연결되어 있고 함께한다는 의미의 '연대' 말이다. 인생 곡절마다 결핍과 실패가 함께했고 그로 인한 시도와 분투가 오늘과 연결되어 있음을 깨달은 귀한 시간이었다."

중독재활공동체 원장 한부식 "발가벗는다는 것이 이런 기분일 것이다. 나는 세상 앞에 내 알몸을 가감 없이 드러냈다. 숨긴다는 것이 곧 두려움이란 것을 이제는 알기 때문이다. 삶은 드러나지 않은 것에 용서와 자비를 베풀지 않는다. 순간의 비난을 피하려 두려움 속에 사는 어리석음을 택하지 않은 내 선택이 훗날 수많은 중독자들의 용기가 되기를 간절히 바란다."

크리에이터 일라라 "옛말에 하나를 보면 열을 안다고 했다. 기자 김지은의 인터뷰 요청 이메일이 그랬다. 매일 수백 통을 받는데 그녀의 제안은 달랐다. 몇 글자만 봤을 뿐인데 그녀의 인생이 보였다. 내 인생도 잘 담아줄 것이라는 확신이 들었다. 아니나 다를까. 인터뷰 당일 깊은 눈으로 나를 바라봐주고 섬세한 귀로 들어줬으며 따뜻한 가슴으로 공감해줬다. 이 글은 나의 실패를 담은 가장 성공적인 인터뷰다."

발레리노 이원국 "내게 실패를 묻는 인터뷰어는 처음이었다. 처음엔 부끄럽기도 했다. 실패가 자랑할 일은 아니라고 생각했기 때문이다. 내 실패들을 말하면서 깨달았다. 도전하는 사람에겐 실패도 끝이 없다는 걸. 그러니 이렇게 말할 수 있지 않을까. 역시 실패는 밥 먹듯 해야 한다고, 그게 성공의 밑거름이라고."

일러두기

- 이 책에 언급된 통계와 나이는 2023년 기준이다.

우리 모두는 실패한다

그해 여름, 나는 구구단 외우기에 실패했다. 구구단은 초등학교 2학년생이 완수해야 하는 주요 과업이다. 구구단이 입에 붙지 않은 나는 교실에 남아 담임 선생님과 '나머지 공부'를 했다. 한 반이 50여 명이던 시절. 내 '구구단 동지'는 겨우 한 손에 꼽을 정도였다.

"2를 두 번 더하고, 세 번 더하고, 네 번 더하면 되는데 왜 외워 놔야 해요?"

선생님의 답은 기억나지 않는다. 그러나 선생님이 결코 목소리를 높이거나, 나무라지 않으셨다는 건 확실하다. 나머지 공부를 하고도 나는 구구단 암기에 실패했다. 9단을 외우는 덴 몇 주가 더 걸렸다. 구구단의 실패로 깨달은 건 난 '왜'라는 질문이 해결되지 않으면 다음 단계로 나아갈 수 없는 사람이라는 거였다.

고등학교 3학년 땐 마지막 소풍에 실패했다. 내 친구의 소풍을 망쳐버렸으니까. 수능을 앞두고 즐길 마지막 여유였기에 우린 들뜬 마음으로 관광버스에 올랐다. 내 짝은 은주였다. 전교 1, 2등을 다투는 성실한 우등생. 매일 밤 기숙사에서 가장 늦게 잠자리에 드는 친구가 은주였다. 공부만 하던 은주도 그날은 무척 설렸다. 드디어 도착. 도시락을 먹고 자유롭게 놀이기구를 타면 되는 일정이었다. 나는 은주와 함께 놀이기구를 타기로 했다.

그런데 또 다른 나의 단짝, 효순이가 나를 불렀다. "잠깐 효순이 좀 보고 올게!" 효순이는 내게 다른 친구들 무리와 함께 놀이기구를 타러 가자고 했다. 난처했다. "은주가 기다리는데." 효순이가 내 걱정을 잘랐다. "걔도 다른 애들이랑 이미 놀고 있을 거야!" 난 효순이의 손에 이끌려 신나게 놀이공원을 휘젓고 다녔다. 어느새 하늘에 노을이 졌고 이제 돌아갈 시간이었다. 버스로 달려가는데 맙소사, 은주가 나랑 헤어진 그 자리에 그대로 있었다. 얼굴이 엉망이 된 채. "너 여기서 계속 그냥 있었던 거야?" "네가 다시 온다고 했잖아." 집으로 돌아가는 내내 나는 은주에게 빌고 또 빌었다. 은주는 울고 또 울었다. 깨달았다. 내가 약속을 지키는 데 실패했을 때 다른 사람의 시간과 인생에 큰 피해를 줄 수 있다는 걸. 아직도 고교 시절 마지막 소풍을 떠올리면, 재미있게 놀았던 기억은 전혀 없이 은주의 얼굴이 떠올라 마음이 아리다.

청소년기의 난, 그 흔한 장래희망이 없었다. 환경을 따라 의사를 꿈꿨지, 내 재능이나 욕구를 직시하고 정한 게 아니었다. 게다가 나는 '수학 실패자'였다. 수능의 언어와 외국어 영역에서 하나도 틀리지 않아야만 간신히 성적을 유지할 수 있었다. 그런 내가 왜 이과를 택했는지는 모를 일이다. 기자는 돌고 돌아 닿은 이상이다. '왜'가 인생에서 가장 중요한 질문이고, 사람을 좋아했으며, 공동체에 관심이 많은 내게 알맞은 일이었다. 자기가 믿는 가치를 구현할 수 있는 직업이 몇이나 되겠는가.

그런 나의 초심은 '좋은 기사는 세상을 바꾼다.'였다. 호기롭게도 그렇게 할 수 있으리라 생각했다. 10년 차가 될 때까지도 나는 나를 믿었다. 17년 차가 됐을 때 잠시 내 기자 생활을 돌아볼 기회가 생겼다. 흔히 말하는 '스트레이트 부서'(사건·사고 기사가 많은 사회·정치부 등을 일컫는다)를 떠나 디지털 기획을 해볼 수 있는 부서에 갔을 때였다. 내가 자만했다는 걸 그때 알았다. 내가 기사로 바꾼 건 하나도 없었다. 다시 보고 싶은 기사도 잘 떠오르지 않았다. 내 일상과 머릿속의 9할을 일이 차지하고 있다고 생각할 정도로 치열하게 살았는데. 그저 나도 어느새 '바쁜 나'에 도취돼 정신 없이 달린 거였다. 이대로 가다간 '기자 김지은'이 진짜 실패해버릴 것만 같았다.

그렇게 마음에 쉼표를 찍는 동안 내 이력서를 떠올렸다. 어느 대학을 졸업하고, 토익을 몇 점 받고, 어느 회사에 입사했다는 몇 줄. 그건 성공의 흔적이었다. 이것이 진정한 내 인생의 발자취인가. 아니었다. 그 한 줄의 성공을 만들기 위해 시도했던 수없는 실패의 경험, 수많은 실패의 시간이 그 뒤에 있었다. 이력서에 채우지 못한 여백이 진짜 내 인생 아닐까 생각했다.

그걸 기록한 '실패 이력서' 같은 인터뷰를 해보자. 그게 이 책의 시작이다. 실패를 다시 정의해보고 싶었다. 실패가 가진 부정적인 어감을 바꾸고 싶었다. 실패의 가능성을 타진해보고 싶었다. 그리하여 실패를 실패가 아닌 그 무언가로 불러보고 싶었다. 어쩌면 내가 나에게 선물하고 싶었던 것일지도 모르겠다. 그전까지 '실패'는 내가 입에 올리기 저어하는 단어였으니까.

이상한 일이었다. 실패를 인정하고 나니, 실패를 실패라고 부르는 일이 꺼려지지 않았다. 심지어 나는 섭외를 할 때 나를 '실패한 기자'라고 소개했다.

"저는 기자 경력의 대부분을 정치·사회부에서 보냈습니다. 2018년부터 김지은의 '삶도' 인터뷰 시리즈를 시작하게 됐고, 지금은 인터뷰를 전문으로 하고 있습니다. '좋은 기사는 세상을 바꾼다.'라는 생각으로 기자가 됐는데, 그러기는 정말 어렵다는 걸 기자가 된 지 너무나 오랜 뒤에 깨달았어요. 역부족이었고 실패한 것이죠. 그러나 좋은 인터뷰 하나가 사람의 마음은 바꿀 수 있다는 것 역시 알게 됐습니다. 그래서 어디서도 듣지 못한 이야기로 마음에 느낌표를 새긴다는 생각으로 인터뷰하고 있어요."

실패를 말하는 인터뷰에 사람들이 응할까. 걱정도 됐다. 아무리 내가 '전국 실패 자랑' 같은 인터뷰를 하고 싶다 한들, 상대는 그렇지 않을 수 있으니까. 자신의 실패를 만천하에 드러내는 게 어디 쉬운 일인가. 그런데 기우였다. 내가 만난 이들은 실패에 관해 할 말이 많았다.

이 인터뷰를 수락한 이들에겐 모두 이 바람이 있었을 거라고 생각한다. 내 실패가 다른 이의 삶에 도움이 되길 바라는 마음. '내 실패는 이랬어요. 내가 당신 실패를 막을 수는 없습니다. 그러나 적어도 너무 절망하거나 주저앉진 마세요. 이런 실패를 겪고도 나도 지금 이렇게 잘 살고 있거든요.' 모두의 스토리는 결국 이렇게 꿰어진다.

　인터뷰를 하며 모든 이에게 던진 질문이 있다. "자신만의 언어로 실패를 정의해본다면?" 그러니까 이 책은 '실패 사전'이기도 하다. 이를 곱씹어보며 독자들 역시 실패로 얻은 자신만의 의미를 찾게 되면 좋겠다.

　우리는 모두 실패한다. 지금도 어쩌면 실패하는 중인지도 모른다. 그렇다고 인생이 실패하는 건 아니다. 가장 큰 실패는 실패하지 않은 삶이라는 걸 이제는 안다. 이 인터뷰를 하면서 실패의 가치를 재발견했다.

　그런 당신은 실패를 뭐라고 생각하느냐고 묻는다면? 내게 실패는 그 가치를 모르기 쉬운 원석이다. 그러나 날이 갈수록 빛이 발하는 걸 알 수밖에 없는 보석. 나는 실패의 경험이 지닌 가치를 모두 시간이 지나고 나서야 깨달았다. 마치 지금의 내가 되기 위해 실패해온 것처럼.

　열두 보석을 이 책에 담았다. 인터뷰이들은 자신의 내밀하고, 부끄럽고, 소중한 경험을 기꺼이 내어주었다. 그것들이 독자들의 마음과 인생에 안겨 또 다른 빛을 발하는 보석이 되기를. 실패라는 별들이 쌓여 나와 당신, 우리의 우주가 가없이 깊고 넓어졌음을 마침내 체감하게 되기를.

2024년 12월

김지은

준비한 적 없는
삶

못 해도
다음이
있을까?

아이돌 상담심리 전문가

조 한 로

처음 그를 찾을 때 마치 미로 속에 선 기분이었다. 아이돌이라는 꿈에 도전하는 사람만 한 해 1,800여 명(2020년 연예소속사 연습생 기준). 데뷔에 성공하는 사람보다 실패하는 사람이 많은 구조에서 그들은 어떻게 마음을 지키고 있을까. 그 마음이 애초부터 단단하지 않으면, 그토록 원하는 무대에 선다 한들 허한 구멍은 여전할 것 같았다. 아이돌이 되길 꿈꾸는 이들 연습생의 마음을 들어주는 사람을 만나고 싶었다. 그 무렵 그룹 아스트로의 문빈이 하늘나라로 갔다는 슬픈 소식이 들렸다. 종현, 설리, 구하라…… 이미 우린 너무 많은 별을 잃었다. 인재 육성 프로그램을 잘 갖췄다고 알려진 대형 기획사의 문을 두드렸지만 거절당했다. 기획사로선 예민한 말들이 언론을 타고 나가는 게 걱정됐을 테다. 정보를 수소문하다 문화체육관광부 산하 준정부기관인 한국콘텐츠진흥원(이하 콘진원)이 연습생 심리 상담 프로그램을 운영한다는 사실을 알게 됐다. 기획사나 개인이 신청하면 12회까지 무료로 상담받을 수 있다. 콘진원을 통해 그를 만났다. 콘진원의 위탁으로 2020년부터 연습생을 비롯해 연예인의 심리 상담을 해온 조한로 심리상담사다. 만나 보니, 그가 하는 일은 연습생들에게 '실패'라는 단어의 뜻을 바꿔 생각하도록 돕는 거였다. '실패하면 내 인생은 끝장이야.'가 아니라 '실패하면서 내 인생은 성장하는 거야.'로.

방시혁 하이브 의장은 "K팝의 경쟁력은 사람이고, 레이블의 본질은 크리에이터의 영혼"이라고 했다. 이 명제는 얼마나 지켜지고 있는 걸까. 2017년 종현, 2019년 설리와 구하라, 2023년 문빈까지, 반짝이던 별들의 잇단 죽음은 우리를 자문하게 만들었다. '아이돌'이라는 휘황한 이미지 뒤에 웅크리고 있었을 그 '사람'은 어땠던 걸까, 그 '영혼'엔 어떤 상처가 있었던 걸까.

그 답을 찾으려면 연습생 시절로 거슬러 올라가야 하는지 모른다. 아이돌은 대부분 '만들어진다.' 그 시작이 연습생이다. 아이돌 산업이 낳은 특수한 직종이다. 연습생들의 마음과 4년째 함께하는 상담심리 전문가 조한로(39) 마음심리상담연구소 대표는 "연습생들은 일반 청소년으로 치면, 매달 수능을 치르는 '고3'이나 마찬가지"라며 "심지어 그 시간이 언제 끝날지도 모른다."고 말했다. 데뷔라는 결승선을 향해 질주하지만, 결정권은 오롯이 소속된 기획사가 쥐고 있다. 10년을 연습생으로 버티고도 데뷔에 실패하는 경우도 있다.

그는 연습생들이 겪는 불안은 마치 낭떠러지에서 한쪽 발만 딛고 있는데 땅이 뒤흔들리는 상태와 비슷할 것이라고 말했다. 10대에 자신의 모든 것을 데뷔라는 목표에 쏟아붓고, 20대 초반에 결판내지 못하면 '내 인생은 끝'이라고 여길 수밖에 없는 구조. 10대부터 남이 보는 자신의 장점을 부각하게 하고 타인의 시선에 길들여지도록 훈련받는 시스템도 압박으로 작용할 수 있다.

그의 역할은 연습생이나 아이돌이 그런 자신의 마음을 들여다볼 수 있도록 돕는 것이다. "실패하더라도 내 삶은 괜찮다. 내

일도 오늘처럼 흘러갈 것이다."라는 믿음을 회복하도록 말이다.

공교롭게 그 자신도 20대 초반 뮤지션을 꿈꿨다가 실패한 적이 있다. 포기 뒤에 돌아온 건 한껏 움츠러든 자신이었다. 충북 괴산의 한 문화·예술 교육 공동체에서 교사로 일하게 된 시간이 삶을 바꿔놨다. 어르신과 청소년을 상대로 수업을 하면서다. 신뢰가 쌓인 관계 안에서 서로의 성장을 지켜보는 기쁨을 알게 되면서 상담사라는 진짜 길을 찾았다.

언더그라운드 뮤지션일 때 그의 활동명은 '소울 스트리트(Soul Street)'였다. 20년이 지나 지금 그는 상처받은 영혼들의 거리 한복판에 서 있다.

연습생은 실패의 최전선에 있다

그는 상담심리사 1급, 임상심리 전문가, 정신건강 임상심리사, 청소년 상담사, 범죄심리사 1급의 자격이 있는 상담심리 전문가다. 한국콘텐츠진흥원의 위탁으로 2020년부터 연습생과 아이돌의 심리 상담을 하고 있다.

아이돌, 특히 연습생 상담을 많이 해왔는데
일반 상담과 차이가 있나요?

상담은 본래 비밀 보장이 아주 중요한데, 아이돌이나 연습생은 그 부분이 훨씬 커요. 연습생이지만 계약된 기획사가 있으니, 신분이 회사원과 비슷하거든요. 상담 내용이 혹시라도 소속사에 전달되지는 않을까 하는 불안이 큰 거죠. 신뢰부터 쌓아야 비로소 상담할 수 있어요.

연습생들에게만 두드러지는 특성이 있나요?

아이돌에게 흔히 요구되는 덕목이 있잖아요. 예를 들면, 성실하고 친절하고 예의 바른 모습 같은. 그 덕목을 중심으로 연습생 때부터 사회적 가면을 써야 하는 거죠. 그래서 자기를 표현하는 걸 두려워하거나 어려워하는 면이 있어요. '내가 보는 나'보다 '남에게 보이는 나'를 더 신경 쓰는 모습이 안타깝기도 하죠.

특히 연습생들은 실패에 대한 두려움이 클 것 같아요.

과거에 영재들 심리 상담을 한 적이 있는데, 좁은 문을 통과해야 한다는 압박 상황이 비슷하면서도 달라요. 연습생들은 20대 초반까지 데뷔하지 못하면 끝이라고 여기거든요. 빠르면 열 살 무렵부터 인생을 거는 거예요. 이루고 싶은 욕망이 클수록 좌절이나 실패에 대한 두려움이 크죠.

게다가 연습생은 보통 댄스, 노래, 자기표현 같은 다방면에 걸쳐 다달이 월말 평가를 받는다. 그게 쌓여 데뷔조가 만들어진다. 데뷔조에 들더라도 데뷔 여부는 불확실하다. 상시적인 평가와 피드백, 끝을 기약할 수 없는 연습. 이 정도면 불안감이 없는 게 신기할 상황이다.

그렇잖아도 처한 상황이 특수한데 사회적 가면까지
써야 하는 처지이니 마음 열기가 쉽지 않을 것 같아요.

맞아요. '누가 나를 이해할 수 있겠어. 내 어려움을 상담 사라고 알 수 있겠어.'라고 생각하는 사람도 많아요. 내가 나의 불편한 마음을 들여다보는 건 누구나 두려운 일이거든요. 그래도 상담하러 왔다면 문제를 해결하고 싶어서 온 것이니, 제가 할 수 있는 일은 내담자가 자신이 지닌 힘을 발견하고 그 힘으로 해결하는 과정을 함께하는 거죠.

연습생들은 어느 정도로 데뷔에 몰두하나요?

빗대자면, 끝을 모르는 고3 시절을 보내는 것 같죠. 그런데 수능을 달마다 봐요. 연습생들은 '아, 싫어.', '이거 안 할래.'가 없어요. 그렇게 하지 못해요. 상담받으러 오는 연습생들은 이미 그 생활을 한 지 어느 정도 된 경우거든요. 대부분 목숨 걸고 해봐야겠다고 결심한 이들이죠.

연습생들이 느끼는 실패에 대한 불안이 어떤 영향을 미치나요?

열 가지 평가 항목 중 하나를 못했다고 쳐요. 그럼 '그 여러 개 중 하나를 못했을 뿐이야.'라고 받아들이는 게 아니라 '나는 실패했어. 내 존재는 무가치해.' 이렇게 느끼기도 해요. 그 모든 걸 잘해야 살아남을 수 있다고 생각하니까요.

그런 불안이나 좌절감을 상담으로 어떻게 이끌어주나요?

먼저 충분히 얘기를 들어요. 그 마음을 만나야 하니까. 아이돌 육성 시스템 자체가 자신들을 불안하게 만든다는 건 이미 연습생들도 잘 알고 있어요. 그래도 여기서 뭔가 이루고 싶으니 선택했거든요. 그러니 불안을 느끼게 하는 요소를 구체적으로 들여다보고, 그걸 감내할 수 있는 힘을 끌어내도록 돕죠. 설사 평가가 좋지 않더라도 그간 내가 한 노력은 없어지지 않고 내 힘이 될 수 있으니까요. 회복 탄력성도 그런 내면의 힘에서 나오고요.

아이돌이라는 직업은 어린 나이에 본래의 자신보다 남이 바라보고 좋아하는 자신을 끊임없이 부각해야 하는 모순적인 일이잖아요. 심리에도 큰 영향을 미칠 것 같아요.

데뷔 이후까지 영향을 미치죠. 데뷔 초반엔 성취감이나 만족감이 있지만, 본래의 자아와 사회적 자아 사이에 괴리가 생기거나 커지면 심리적인 불편함을 느끼거나 괴롭기도 하죠. 데뷔 전에는 데뷔에 대한 불안감인데, 데뷔 이후엔 또 다른 불안이 몰려오죠.

데뷔 이후에 오는 불안은 어떤가요?

실전의 불안이죠. '더 잘할 수 있을까, 1등 할 수 있을까,

신인상 탈 수 있을까?' 하는 이런 압박감. 데뷔 전엔 회사 안에서 느끼는 불안이었다면, 데뷔 이후는 사회로 나와서 느끼는 불안이죠. 상담에선 그런 압박감을 충분히 표현할 수 있도록 도와요. 본래 내가 가진 목표는 무엇인지, 이 일이 내게는 어떤 의미인지도 생각해보고요.

나는 동행했을 뿐, 살아내고 버텨낸 것은 너의 힘

연습생이나 아이돌은 심리적 어려움이 생겨도
얘기할 수 있는 상대가 드물 것 같아요.

그걸 표현할 대상이 있기만 해도 어느 정도 해소가 돼요. 그런데 친구나 부모가 있어도 연예계의 생리를 잘 모른다면 말하기가 어렵죠. 그래서 그들에겐 상담이 소중해요. 상담 시간에 안전함을 느끼면서 자신을 표현할 수도 있고, 온전히 이해받을 수도 있으니까요. 일주일 내내 상담 시간만 기다리는 아이들도 있어요.

아이돌 자살 사건이 있을 땐 영향을 크게 받을 듯해요.

실제 연습생 상담도 많이 늘어요. 이미 상담을 받는 연습생이더라도 그 사건을 주제로 얘기하기도 하고요. 상담 자체가 애도의 과정이 되기도 하죠.

어느 정도의 충격으로 받아들이나요?

동료의 사건인 거죠. 그러니 '나도 저렇게 될지 모른다, 내게도 그런 일이 벌어지면 어떡하지.' 같은 생각이 들 수 있어요. 일반 대중보다 심리적 거리가 훨씬 가까우니까요.

상담이 연습생이나 아이돌에게 어떤 도움을 줄 수 있나요?

상담은 지금 느끼는 마음의 불편함이나 어려움을 충분히 표현하고 해결할 뿐 아니라 그 과정을 통해 자신의 온전함을 느끼고 성장하도록 돕는 일이에요. '실패하면 끝장이야.'에서 '실패할 수도 있지.' 혹은 '이 실패가 내게 주는 게 뭘까?'로 나아가야 하는데 그 여정을 함께하는 일이죠.

심리적 위기는 어떤 경우에 오게 되나요?

고립감을 느낄 때가 커요. '내가 이렇게 힘든 걸 다른 사람은 모를 거야. 나만 이렇게 힘든가? 주변 사람들은 잘 버티고 있는데.'라는 생각에 매몰되면 얘기하지 못하게 되고 해소할 창구가 없어지니 고통은 더 심해지죠.

**끝내 데뷔하지 못한 연습생도 만났을 것 같은데,
그런 때 심리적 상태는 어떤가요?**

존재 자체가 무너지는 경험이죠. 준비한 이별이 아니거든요. 갑자기 오게 되죠. 데뷔조에서 최종 탈락하거나, 일방적인 계약 종료 같은 외부 힘에 의해서 이 길이 끝나는 거예요. 연습생 입장에선 지금까지 인생의 3분의 1 혹은 절반을 바쳤거든요. 게다가 연습생 생활을 하면서 이 회사에 로열티(충성도)도 생긴 상태고요. 이 회사 말고는 갈 데가 없을 것 같고요. 다른 회사에 간다고 해도 처음부터 다시 시작해야 하니 막막하죠. 낭떠러지에서 발 하나 걸쳐두고 버티는데 땅이 흔들리는 듯한 엄청난 스트레스 상황이죠.

그런 땐 어떻게 돕나요?

그 마음을 알아주려고 하고 함께 버티자고 해요. 너무 힘든 상황이면 약을 추천하기도 하지만, 행동요법도 권해요. 명상이나 산책 같은. 그리고 그 변화의 과정을 함께 돌아보죠. '처음엔 아무것도 못했는데 이제 조금씩 버티고 있네. 누워만 있었는데 지금은 산책도 하네.'처럼. 이 힘든 시간도 인생에서 분명히 도움이 되는 면이 있다는 걸 알았으면 좋겠어요. 먹구름을 벗어나면 괜찮아질 것 같지만, 먹구름 자체도 나의 온전함 중 하나라는 걸요.

아예 다른 길을 간 연습생 출신들도 있나요?

그럼요. 전혀 다른 길을 택해서 괄목할 만한 성과를 거둔 아이들도 있어요. 판단의 주체가 타인이었던 과거에서 완전히 바뀌기도 해요. 내 인생은 내가 살아가는 것이란 걸 깨닫고 자유로워지는 모습을 보면서 새삼 삶의 생명력을 느끼죠.

엄청난 변화네요.

맞아요. 그 힘이 생긴 걸 본인도 깨달아요. 살면서 스트레스가 없을 수 없지만, 스트레스가 오더라도 내게는 이겨낼 힘이 있다는 걸 믿게 되죠. 삶의 관점을 바꾸는 건 큰 의미가 있어요. 그리고 말해줘요. 나는 동행했을 뿐, 네가 살아냈고 버텼기에 힘이 생긴 거라고.

나도 실패한 뮤지션이었다

실패는 자존감을 높이나요, 낮추나요?

실패를 어떻게 바라보느냐에 달렸어요. 실패하면 좌절하는 건 당연하죠. 그런데 그 이후가 중요해요. 이런 말이 있잖아요. 1등 하면 1등 하는 법만 아는데, 2등 하면 1등 하는 법 빼고 다 알게 된다는. 1등 하는 게 성공에는 중요할지 몰라도, 심리적으로 더 성장할 수 있는 건 2등 아닌가 싶어요.

실패를 어떻게 바라보면 내적 성장에 도움이 될까요?

실패를 과정으로 이해하는 게 정말 중요하죠. 너무 빠르게 하려고도, 느리게 하려고도 하지 않고 자연스러운 나의 속도로 바라보길 권해요. 내 삶은 흐르고 있으니까요.

대학 때 뮤지션 활동을 했다고요?

흑인음악 그룹을 했어요. 휴학을 하고 2, 3년쯤 활동했죠.
데뷔한 건 아니에요. 언더그라운드 그룹으로 공연도 하고
음악도 만들었죠.

포지션이 뭐였나요?

랩을 했어요. 작사와 프로듀싱, 믹싱도 했죠.

왜 그만뒀나요?

저 빼고 다 잘하더라고요. (웃음) 저 빼고 다 성장하고요.

그룹 내에서 저만 정체돼 있는 것 같았죠. 그래서 불안이
커졌어요.

그런 경험이 연습생 상담할 때 도움이 되기도 하겠어요?

연습생들도 아무리 해도 잘 안 되는 부분이 있거든요. 그
런 때 마음이 어떤지 이해가 되죠. 내 얘기도 해줘야겠다
고 느껴지면 털어놓기도 해요. 그리고 나는 네 마음을 정
말 이해하고 싶으니 내게 얘기해달라고 해요.

실패해도 내 삶은 흐른다

뮤지션을 꿈꾸다 어떻게 상담사가 됐나요?

음악을 접고 복학을 했어요. 대학 졸업 뒤에 사회복지학
전공을 살려서 취업하려고 했는데 잘 안 됐죠. 이미 자
신감이 너무 떨어져 있었어요. 그러다 충북 괴산에 있는
'어린이문화사과'라는 공동체에 문화·예술 교육 계약직
교사로 채용돼서 1년간 일했어요. 그러면서 많은 게 바뀌
었죠.

어땠는데요?

지역 청소년·어르신 교육과 문화 활동을 돕기도 하고, 농
사도 지으며 사는 공동체였어요. 그때 삶의 관점을 저한

테 돌리게 됐어요. 자연과 가까이 살면서 '자연스럽다'는 말의 의미도 이해했죠. '해가 뜨는구나, 해가 지는구나, 내일도 해가 뜨겠구나.' 같은 믿음. '내가 어떤 모습이어도 삶은 이렇게 흐르고 있겠구나.' 하고 느꼈죠.

상담사를 해야겠다고 마음먹은 계기도 있었나요?

할머니들 문해 교육을 했어요. 그땐 운전면허가 없어서 두 시간 동안 자전거를 타고 갔거든요. 수업 준비를 얼마나 빼곡하게 했겠어요. 그런데 할머니들이 한 30분은 싸온 음식을 드시거나 잡담하시곤 하는 거예요. 처음엔 왜 그런지 몰랐어요. 나중에 알았죠. 제가 멀리서 힘들게 오니까 숨 돌리라고 그러신 거였어요. 마지막 수업 때는 고쟁이 주머니에서 3만 원, 5만 원씩 꺼내서 주시는데 정말 눈물이 나더라고요. 농협에 돈 넣을 줄만 아셨지, 뺄 줄 모르시는 분들이거든요. 그때 관계의 신뢰를 느꼈고, 삶에 자신감이 생겼어요.

아이들에게서도 느낀 게 있나요?

초등학생 대상으로 연극 수업을 하고 공연도 했거든요. 돌 역할을 맡은 초등 1학년생 아이가 있었어요. 돌이니까 가만히 있어야 하잖아요. 그런데 아이 어머니가 객석에서 가만 보니까 아이가 화장실이 급해 보이는 거죠. 제게 큰일이라면서 오셨어요. 저는 바로 무대 뒤에 있었기 때문에 아이와 대화가 가능했거든요. 제가 물어보니까 괜찮다는 거예요. 앞으로 30분은 남았는데 정말 참을 수 있겠냐고 하는데도 참아보겠대요. 정말 이 연극을 함께하고 싶었던 거죠. 아이는 끝까지 버텼어요. 서로 신뢰를 바탕으로 교감을 한 거죠. 그런 게 상담 아닐까 싶었어요. 있는 그대로 바라봐주고 믿어주는 것, 농사를 짓듯 사람들 마음을 봐주는 것, 그 마음이 성장하는 걸 보는 것, 그게 상담이죠. 상담사야말로 최고의 직업이 아닐까 생각했어요. 실패가 제게 준 선물이죠.

**상담사로서, 그리고 실패를 해본 사람으로서
실패란 뭐라고 생각되나요?**

'실패란 해볼 만한 것, 해도 괜찮은 것. 나를 발견하는 순간이자 나를 발견하게 하는 장치'라는 생각이 들어요.

실패를 바탕으로 얻게 된 '삶의 도(道)'가 있다면 뭘까요?

'그럼에도 내 존재는 온전하다.'라는 걸 깨달았죠.

그는 인터뷰 내내 '함께'라는 단어를 자주 썼다. 상담사 대신 '동행자'라고 표현하기도 했다. 한 사람이 내면의 힘을 회복하고 성장하는 여정을 함께하는 동행자. 인터뷰 때도 그는 동행자의 신뢰를 깨뜨리지 않으려 사례는 피하고 본질을 얘기하려 애썼다.

이 미더운 동행자에게 "현재가 불안한 연습생이나 아이돌에게 해주고 싶은 말이 있나요?"라고 물었다. "불안해도 괜찮으니 함께 버텨보자고 말하고 싶어요. 진짜 불안하거든요."

굳이 상담사가 아니어도 누구나 동행자가 되어줄 수 있지 않을까. '함께'는 때로 사람을 살리는 단어라는 생각이 들었다.

당신에게는
선택할 힘이
있다

탈가정 청년

배혜림

'5월은 가정의 달'이라는 말에 반기를 드는, 그래서 그 뜻의 범위를 확장하는 인터뷰를 '5월에' 해보고 싶었다. '5월은 가정의 달'. 어릴 때부터 수없이 들었던 표어다. 언젠가부터 이런 표어가 '강요'처럼 느껴졌다. 이 표어를 뒤집자는 게 내 의도였다. 가정이 어떤 사람한텐 지옥이기도 하다는 것을, 그 가정이 누구에게나 주어진 것이 아니기도, 누구에게나 평화로운 어감이 아니기도 하다는 걸 말이다. '정상적인' 가정의 부재가 실패로 받아들여지는 대한민국. 이런 사회 분위기에서 그런 표어는 누구에게는 슬픔이고 악몽일 수도 있다. '가정'이 정말 건강하려면 뭐가 필요한지, 반대편에서 생각해보게 하는 인터뷰를 해보자는 생각이 이 인터뷰의 시작이었다. 어쩌면 그 얘기는 가정이 괴로워 가정을 떠난 사람이 가장 잘 해줄 수 있는지도 모른다고 생각했다. "살려고" 집을 떠나 낯선 소도시에 정착해 살고 있는 혜림 씨를 만났다. 자신이 그린 종이 그림꽃도 마치 여린 생화를 다루듯 하는 걸 보며 그의 고운 마음결이 짐작됐다. 그런 그가 '가정 탈출'을 감행했을 땐 정말 살려고 그랬겠다는 생각이 들었다. 그는 말했다. "우리 가족의 첫 실패, 그러니까 실패의 근원은 '사랑이 없는 시작'이었다."라고. 그리고 사는 동안 그것이 인간 관계의 실패로 이어져 오더라고. 하지만 그 실패들을 통해서 혜림 씨는 인생이라는 토양에 두 발을 굳건하게 내디딜 수 있게 되었다.

'이곳에서 나는 안전하지 않다.' 배혜림(36) 씨가 스물일곱이던 2014년 스스로 가정을 나온 이유다. 가출이나 독립과는 다르다. 몸만 집을 빠져나온 것이 아니라, 그는 정서적으로도 자신을 분리시켰다. 자신을 지키기 위한 방법이었다.

발단은 남동생의 폭력이었다. 2014년 브라질 월드컵 개막식 날이었다. 집엔 둘만 있었다. 새벽 3시 동생은 개막식을 보겠다고 거실 TV를 틀었다. 좁고 오래된 집에서 방음은 기대하기 어려웠다. "잠 좀 자자."라고 소리쳤다. 말싸움은 몸싸움이 됐다. 그때의 혜림 씨 체중은 스트레스로 55킬로그램까지 빠진 상태. 190센티미터 키에 100킬로그램 남짓하던 동생이 순식간에 혜림 씨의 두 팔을 붙잡고 방 안으로 밀고 들어갔다. 동생은 그를 침대로 넘어뜨렸다. 아찔한 생각이 순간 그의 머릿속을 스쳤다. 다행히 폭력은 거기서 멈췄지만, 겁에 질린 혜림 씨는 방문을 걸어 잠갔다. 열두 시간 넘게 화장실도 가지 못한 채 방 안에 머물렀다. 인기척이 없는 틈을 타 집 밖으로 뛰쳐나갔다. '탈(脫)가정'의 시작이다.

그날의 사건은 도화선이 됐을 뿐, 그의 마음 안에서 가족은 해체된 지 오래다. 5월은 가정의 달. 그는 '가정'이라는 말에 아무 감정도 떠오르지 않는다. "그냥 공허한 느낌이에요. '가정', '가족' 이런 단어는 저한테 빈 단어예요. 정의 내리지 못한 상태의 말들이죠. 남들에게는 존재하지만, 나한테는 없는 것."

'엄마'나 '아빠'라는 단어를 들으면 '나는 부를 일이 없는 호칭'이란 생각에 마음이 무너지지만, 자신의 선택을 후회하진 않는다. 인생이라는 길 위에서 홀로서기를 결정한 혜림 씨를 만났다.

더는 이렇게 살 수 없다는 결심

혜림 씨를 알게 된 건 '282북스'가 2023년 2월 펴낸 탈가정 청년 사례집 《궤도이탈; 청년 독립 선언》에서다. 혜림 씨는 참여자 중에서도 탈가정 기간이 9년으로 가장 긴 축에 속했다. 그 시간을 어떻게 보냈는지 궁금했다.

혜림 씨의 삶은 '탈가정' 이전과 이후로 나뉜다. 얘기는 집을 빠져나온 9년 전의 그날부터 시작된다.

집을 나가야겠다는 생각이 바로 들던가요?

두 손목을 봤는데 힘줄이 죄다 튀어나와서 퉁퉁 부었더라고요. 인대가 늘어난 거예요. 가라앉지 않더라고요. 남들은 별거 아니라고 생각할 수도 있겠죠. 그런데 저는 그때 그런 생각을 했어요. '내 힘줄이 이렇게 다 곤두서고 인대가 늘어날 정도로 죽을힘을 다해 막았구나.' 안전하지 않다고 생각했어요. 이렇게는 더는 살 수 없다고 결심했죠.

그래서 어떻게 했나요?

간단한 짐만 챙겨서 인기척이 들리지 않을 때 방문을 열고 나와 집 밖으로 뛰었어요. 택시가 보일 때까지.

그가 간 곳은 가정폭력 쉼터였다. 그곳도 그를 보듬어줄 수는 없었다. 가정폭력 쉼터는 대개 배우자에게 폭행당한 기혼 여성들이 찾는 곳이다. 쉼터에서도 난감해했다.

한 달간 매일 울기만 했어요. 쉼터는 낯설고, 그렇다고 갈 곳은 없고요. 아빠에게 문자메시지를 보냈지만, 아무 반응이 없었어요. 쉼터에서 정신과 상담을 받게 했는데 우울증 소견이 나왔죠. 치료해야 한다고 했지만, 병원도 너무 무서웠어요. 두 달 가까이 되자 쉼터에서 '얼마나 더 여기에 있을 거냐'고 묻더군요.

대책을 세워야 했다. 대학 졸업 후 프리랜서로 디자인을 해 모아둔 돈을 따져보니 중소 도시에 원룸 하나는 얻을 만했다. 다행히 적당한 도시에서 취업이 됐다. 방을 구하고 용달차를 불러 집에 갔다. 열쇠로 현관문을 열고 들어가니 집엔 아빠도, 남동생도 있었다. 그런데 놀라는 사람도, 어디서 어떻게 지냈느냐고 묻는 사람도 없었다. 그는 용달 기사와 자기 방으로 들어가 짐을 챙겨 트럭에 실은 뒤 열쇠를 현관에 두고 나왔다. 그게 마지막이다. 2014년 8월 7일, 비가 거세게 내리던 날이었다.

**탈가정을 한 뒤에 '내가 과민한 것 아닌가,
좀 더 참았어야 했나?' 하는 후회를 한 적은 없나요?**

1년 정도 지났을 때 '내가 그때 그냥 참았으면 넘어갔을
까?' 하고 자문해본 적이 있어요. 그런데 내 두 손목이 말
해주더라고요. 아직도 무거운 물건을 들 때 후유증이 있
거든요. 내가 죽을힘을 다해 동생이 나를 해치는 걸 막았
다는 사실을 상기시켜주죠.

그 뒤로 아버지한테서는 연락이 없었나요?

잠잠하다가 어버이날이나 명절만 되면 문자메시지가 오
더라고요. 계속 무응답으로 일관하다가 2년쯤 지났을 때
너무 화가 나서 '그때 동생이 나한테 그렇게 했다고 했을
때는 가만있지 않았느냐'고 따졌더니, 아빠가 '맞을 만하
니까 맞았겠지.'라고 했어요. 그때 앞으로 절대 가족을 찾
거나 볼 일은 없을 거라고 다시 한번 결심했죠. '내 탓도
있지 않을까?'라는 생각도 그 뒤로는 안 하게 됐어요. 아
빠의 그 한마디가 그나마 있던 부담감도 다 털어버리게
했죠.

사랑 없는 가족이어도 괜찮은가요?

가족공동체의 실패인데, 우리 가족은 왜 이렇게 됐는지

생각해본 적이 있나요?

엄마, 아빠가 결혼한 것부터 실패인 것 같아요. 어릴 때 엄마가 그랬어요. 우리는 그냥 둘 다 나이가 들어서 결혼해야 하니까 선을 봐서 한 거라고. 엄마와 아빠가 서로 사랑한다고 말하는 걸 들어본 적이 없어요. 저나 동생한테도 그런 표현을 한 적이 없죠. '사랑이 없는 시작', 이게 우리 가족의 첫 실패인 것 같아요.

IMF 구제금융 위기 때 닥친 명예퇴직 여파로 집안 형편이 어려워지면서 부모의 사이도 악화했다. 어머니가 장사를 해보려다 사기를 당한 데 이어 주식에 투자한 돈마저 날렸다. 어머니가 갑자기 집에서 사라진 건 그가 열여덟 되던 해다. 나중에야 안 사실이지만 부모는 혜림 씨가 초등학교에 다닐 때 이미 법적으로는 이혼한 상태였다.

그날도 엄마와 아빠가 싸웠어요. 나중에 경찰이 왔는데 아빠가 '이미 남남이다. 나와 상관없는 사람이다.'라고 하는 소리를 들었어요. 그때 두 분이 이혼했다는 걸 직감적으로 알았어요. 그런 뒤에 학교 갔다 돌아왔는데 엄마도, 엄마 짐도 없는 거예요. 그해 엄마 생일에 제가 사드린 니트만 옷장에 덜렁 걸려있었어요. 노란색과 하얀색 줄무늬의 그 니트가 아직도 생생해요. 왜 그것만 놓고 갔는지 물어보고 싶었지만 그럴 수도 없었죠. 아빠가 엄마를 쫓아

냈다고 생각했어요. 두 사람 모두에게 분노가 컸죠. 자식한테도 분명히 얘기해야 하는 상황인데 두 사람 누구도 설명 한마디 하지 않았으니까요.

**어머니가 어디로 갔는지
아버지에게 물어보지는 않았나요?**

물어본다는 생각을 감히 하지 못할 정도로 아빠를 무서워했어요. 얼마 뒤 어느 날 아빠가 주소를 적어주면서 학교 끝나면 거기로 오라고 하더라고요. 사전에 말도 없이 이사한 거죠. 늘 그런 식이었어요.

어린 시절 부모님은 어땠나요?

어릴 땐 혼났던 기억뿐이에요. 엄마가 과자를 사줘서 먹으면 과자 먹는다고 혼나고, 숨바꼭질하다가 장롱 안에 숨은 동생이 잠이 들어 찾지 못해도 혼났죠. 칭찬을 들은 적이 없어요. 열 살 무렵 마루에서 아빠와 동생, 제가 누워서 자려는데 아빠가 갑자기 제게 '너는 정말 쓸모가 없다. 그렇게 무지해서 어떻게 살래.'라고 하는 거예요. 돌이켜보면 저는 아빠에게 '먹여 살려야 하는 또 하나의 입'이었던 것 같아요. 가족의 생계를 책임져야 했으니까 아빠도 아마 힘들었을 거예요. 그러다 보니 그런 표현을 자주 한 것 같은데, 지금 생각해보면 어린아이에겐 참 잔인했어요. 나는 아빠에게 부담을 주는 존재 같았거든요.

어머니와는 관계가 어땠나요?

엄마는 결혼을 하면서 고향과 다른 지역으로 이주했어요.
그러니 아는 사람도, 속 얘기를 할 상대도 없었죠. 어릴
때부터 제가 엄마 얘기를 들어줬어요. 양가감정이 들었
죠. 나는 아직 엄마의 손길이 필요한 애인데, 되레 엄마를
위로해줘야 했으니까요.

어머니가 사라진 뒤로는 다시 보지 못했나요?

저를 보겠다며 학교로 갑자기 찾아온 적이 있어요. 그런
데 엄마가 좀 이상했죠. 그때 이미 조현병이 시작된 것 같
아요. 종이 울려 수업이 시작됐는데도 저와 대화하고 싶
다면서 교실에 우두커니 서서 나가질 않았어요. 제가 어
떻게 해도 요지부동이었죠. 견딜 수가 없었어요. 결국 제
가 책가방을 싸서 학교를 뛰쳐나갔어요.

고등학교 시절 그의 성적은 지방 국립대 어디든 안정적으로 들
어갈 수 있는 수준이었다. 그러나 그 일 이후 그는 학교를 그만
뒀다. 친구들도 놀랐다. 학교가 싫어서라기보다는 다닐 이유가
없었다. 그 시절 그에겐 늘 분노와 슬픔이 가득 차 있었지만 집
에서도, 학교에서도 알아주는 사람이 없었다. 자퇴하려면 보호
자의 동의가 필요하다. "공부는 알아서 할 테니 그림만 그리게
해달라."는 그의 말에 아버지는 자퇴를 허락했다. 미술학원에 들
어갔지만, 아버지는 가정형편을 이유로 들어 면제 혜택을 받게

해달라며 학원비를 내지 않았다. 몇 달 뒤 부원장은 그를 불러 "우리가 자원봉사 하는 사람들이 아니다."라고 했다. 모욕적이었지만, 학원마저 그만둘 수 없었기에 꾹 참았다. 이후 그는 검정고시로 고졸 자격을 얻은 뒤 기숙사가 있는 다른 지역의 대학에 들어갔다. 대학에 다니는 동안엔 성적장학금과 학자금 대출로 버텼다. 지금은 원가족이 사는 지역과 다른 도시에 터를 잡아살고 있다.

닫힌 문 바깥에서 홀로 마주한 세상

가족을 떠올리면 어떤 생각이 드나요?

가족이라면 좋으나 싫으나 보듬어야 하는데 가족 구성원 누구도 그러지 않았어요. 엄마의 (조현병) 상태가 얼마나 나빴든 아빠에겐 엄마를 품을 생각이 전혀 없었던 거죠. 바로 내쳤으니까요. IMF로 경제 사정까지 나빠진 이후엔 정말 온 식구가 서로를 잡아먹을 듯 대했죠. 제가 탈가정할 무렵에는 세 식구만 살았는데도 '이러다가 무슨 일이 나지.' 싶을 정도였어요. '가족이니까 함부로 해도 돼.'라는 전제가 암묵적으로 깔린 집 같았죠.

원가족의 해체, 실패가 자기 자신에게도 영향을 미쳤을까요?

원가족과의 관계가 저한테도 영향을 줬다는 걸 느껴요.

부모가 나를 대한 방식으로 내가 나를 대한다는 걸 느낄 때가 있거든요. 나의 에고(ego)가 아빠와 비슷한 거예요. 내가 뭘 잘해도 스스로 칭찬해주지 않아요. 반면 잘 못하면 '이 등신아, 그러니까 네가 그거밖에 안 되는 거야.'라면서 나를 채찍질하죠. 원가족과의 관계가, 내가 나와 관계 맺는 것 자체도 어렵게 만든다는 걸 느꼈어요. 나아가 이것이 내가 아끼는 다른 사람과의 관계에도 영향을 주더라고요. 자꾸 마음을 확인하려 하고 시험하는 거예요. 사랑받고 자라지 못한 데서 오는 관계 맺기의 실패죠.

탈가정이 뭐라고 생각하나요?

경제적으로나 정서적으로 독립해 원가족과 단절된 상태라고 생각해요. 철저하게 원가족과 분리돼 사는 삶의 형태죠. 탈가정이라는 말은 2019년에야 알았어요.

탈가정하고 난 뒤 가장 막막했던 건 뭔가요?

갈 곳이 마땅치 않다는 거요. 청소년이나 가정폭력 피해 여성은 그래도 쉼터가 있어요. 그런데 저 같은 탈가정 청년의 경우엔 어딜 가나 애매하더라고요. 대부분 갑작스럽게 뛰쳐나오는 경우가 많거든요. 속옷조차 챙기지 못하고 나왔다는 친구도 있어요. 혹여 아프거나 신변에 문제가 생기더라도 법적으로 저를 대리할 수 있는 사람이 없다면 사회복지 제도를 이용하기도 어렵죠.

**탈가정 청년 중엔 원가족에게서 원치 않는 연락을 받아
힘들어하는 경우도 많다고 들었어요.**

저도 탈가정하고 2년쯤 지났을 때 급작스럽게 경찰에게
서 연락이 왔어요. 엄마가 흉기를 들고 다녀 주민들이 신
고한 거였어요. 경찰은 엄마를 정신병원에 입원시키려면
입원 동의서가 필요하니 제가 직접 와서 써야 한다고 했
어요. (아버지는 이혼했고) 남동생은 연락이 안 된다면서요.
저도 우울증 치료를 받는 중이라 심적으로 힘든 상황이
었기 때문에 너무 화가 났죠. 그때 엄마가 조현병을 앓는
다는 사실을 처음 알았어요.

넷플릭스 드라마 〈더 글로리〉엔 이런 서늘한 대사가 나온다. "동
사무소 가서 서류(주민등록등본) 한 장 떼면 너 어딨는지 다 나와.
어디 또 숨어봐." 주인공 동은(송혜교)의 최초 가해자인 엄마의
협박이다. 어떻게 해서든 엄마에게서 분리되고 싶지만, 동은은
그럴 수 없다.

어떤 때 가족은 끊어낼 수 없는 족쇄다. 물론 가정폭력 피해
사실을 입증할 만한 서류(가정폭력 상담 기록, 쉼터 입소 증명 서류, 경
찰 신고 기록, 법원의 확정 판결문 등)를 제출하면 주민등록 등·초본
발급을 제한할 수 있다. 그러나 탈가정 청년 중엔 해당하지 않는
경우가 많다. 〈더 글로리〉의 동은처럼.

탈가정과 독립이 뭐가 다르냐고 하는 사람도 있을 거예요.

인생을 살다가 무슨 일을 당해도 기댈 존재가 없다는 것. 어버이날이나 명절에도 저는 덩그러니 혼자 있어야 해요. 정말 이제는 내 뒤를 봐줄 사람이 하나도 없다는 막막함은 겪어보지 않으면 모를 거예요.

그때 탈가정을 하지 않았다면 어떻게 됐을까요?

시기의 문제였을 뿐 언제든 나왔을 거예요. 그때 우리 가족의 분위기는, 정말 누가 누구를 어떻게 할지 모른다는 위기감이 늘 서려있을 정도로 날이 서있었거든요. 아빠나 동생이 무서워 저는 방 안에선 늘 문을 잠그고 있었어요. 그 어떤 강력한 접착제로도 붙일 수 없는 관계였죠. 감옥에 갈 만한 죄를 저질렀더라도 출소해서 사회 구성원으로 건강하게 살 수 있도록 돕는 게 가족의 사랑이잖아요. 우리 가족은 그런 게 없었죠.

내가 나의 아이이자 부모이자 가장이다

혜림 씨가 꿈꾸는 이상적인 가족은 뭔가요?

서로 너무 가깝지도, 멀지도 않은 거리를 유지하려고 노력하는 관계요. '내가 이만큼 다가가고 싶은데 괜찮아?' 라면서 끊임없이 서로 소통할 수 있는 관계면 좋겠어요. 그런 관계가 건강한 것 아닐까요.

원가족의 실패로 얻은 건 뭘까요?

저는 가끔 역할극을 하고 있다고 생각해요. 내가 나의 아이이자 부모이고 가장이라고. 한때는 가족의 결핍을 외부에서 해소하려고도 했어요. 예를 들어, 남자 친구가 그런 역할을 해주길 바라는 거죠. 그러다 보니 결말이 비참해지더라고요. 내가 내 인생을 오롯이 책임지기로 선택한 것이니 나에게로 돌아와야 한다는 걸 깨달았어요. 내가 내 삶의 온전한 주체로 살아야 하는 거죠.

원가족과 관계의 실패로 얻은 '삶의 도'가 있나요?

'세상에 당연한 건 없다.'라는 거요. '가족이니까 당연히 해주겠지.'라는 건 없어요. 그런데 남은 오죽하겠어요. 남이 내게 무언가를 베풀든 그 무엇도 당연하지 않고, 다 감사한 일이라는 걸 알았죠.

자신만의 언어로 실패를 정의해본다면 뭘까요?

실패는 '그럼에도 불구하고'가 아닐까 해요. '그럼에도 내가 이걸 계속하고 싶어. 그럼에도 재도전할 거야.'라는 의미예요. 실패했다고 해서 휙 내팽개칠 수 없는 게 인생이잖아요. 인생은 리셋이 안 되니까요. '나는 내 원가족과 이렇게 됐지만, 그럼에도 불구하고 내 인생 망한 거 아니야.'라고도 생각하고요.

원가족과의 관계로 힘들어하는 이들에게
해주고 싶은 말이 있나요?

원가족이니까 당연하게 견디고 얼굴 보며 살라는 법은
없어요. 당신한테는 선택할 힘이 있어요. 그 관계를 지속
할지, 끝낼지, 다른 방식으로 바꿔볼지. 선택지는 많아요.
그중에서 자신한테 가장 좋은 걸 고르세요.

혜림 씨는 가장 좋은 걸 골랐나요?

(끄덕끄덕) 네. 그때처럼 괴롭진 않으니까요. 나 하나 먹고
살기도 바쁘고 힘들지만 편안해요. 이거면 충분해요.

그는 자신의 그림 중 꽃을 가장 아끼고 좋아한다. 탈가정을 결심하던 해 봄, 꽃이 그의 마음에 들어왔다. 가족과의 관계로 늘 신경은 곤두서 있고, 손톱으로 몸을 쥐어뜯는 자해 행동을 할 때다. 마음에도, 몸에도 여기저기 핏자국 어린 생채기가 났다. 살기조차 싫었을 때니 그에게 세상은 회색빛이었다. 그러던 어느 날 동네 화단에 피어난 노랗고 빨간 튤립을 봤다.

저마다의 색을 내면서 환하게 살아있는 여린 꽃들을 보니까 '나도 살아야겠다.'라는 생각이 들었어요.

그가 자신이 그렸던 꽃들을 작업실 벽에 붙이며 말했다. 금세 정원이 됐다. 그의 그림처럼 그의 삶도 따뜻한 빛깔 가득한 정원으로 오롯이 키우기를.

로봇도
넘어지면서
배운다

로봇공학자 **데니스 홍**

그는 실패를 모를 것 같은 사람이다. '천재 로봇공학자'니까. 글로벌 과학전문지《파퓰러 사이언스(Popular Science)》가 진작 그렇게 명명했다. '과학을 뒤흔드는 젊은 천재 10인'(2009) 중 하나라고. 우스꽝스러운 표정, 유쾌한 웃음으로 유명하기도 하다. 처음엔 조금 걱정했다. 정말 실패가 없는 사람이면 어쩌지. 인터뷰를 하면서 그에게서 의외의 눈빛을 여러 번 봤다. 사뭇 진지했고, 눈물을 글썽이기도 했다. 그중 가장 기억에 남는 건, 자신을 직시한 순간을 말할 때였다. 세상의 주목, 대중의 환호에 우쭐해진 거울 속 자신을 직면한 거였다. 그때 그는 '있어야 할 자리'를 새삼 깨달았다고 했다. 자신의 정체성을 잃은 실패의 찰나였을지 모른다. 그 순간을 회피했더라면 "과거의 내가 자랑스럽지 않을 수는 있지만, 그 시간이 있었기에 오늘의 내가 있는 것이고 그래서 내가 참 좋다."라는 말을 할 수는 없었을 것이다. 그의 트레이드마크인 자신만만한 미소의 비결이었다. 그가 언젠가 인터뷰에서 "로봇도 넘어지면서 배운다."라고 한 걸 봤다. 넘어지면서 배운다고? 로봇은 애초에 넘어지지 않도록 설계된 것 아닌가? 그 로봇이 넘어지면서 학습을 하는 것일까? 로봇이 넘어질 때 로봇을 연구하는 사람은 무엇을 배울까? 그걸 묻고 싶었다.

"이것 한번 보실래요?"

가방에서 태블릿 PC를 꺼내더니 동영상을 켰다. 영상 속에선 로봇 하나가 넘어지고 또 넘어졌다. 옆으로 미끄러지기도 했고, 다리가 꼬이기도 했으며, 아예 뒤로 자빠져버리기도 했다. 그러 더니 막판엔 아예 '팡' 터져버렸다. 영상 제목은 'Bloopers', 그러 니까 일종의 NG 모음이다.

"이것도 보세요."

그는 또 다른 영상을 켰다. 아까 그 로봇이다. 그런데 이번엔 넘어지지 않는다. 공을 던져도, 발로 차도 거뜬하다. 게다가 상자 를 나르고 잔디밭을 걷기도 한다. 속도는 느리게 걷는 사람과 비 슷하다. "이게 바로 우리가 만든 로봇의 '끝판왕'이에요."

이 로봇은 '아르테미스(ARTEMIS, Advanced Robotic Technology for Enhanced Mobility and Improved Stability)'. 그는 아르테미스의 아 버지 데니스 홍(홍원서, 52), 미국 캘리포니아대학교 로스앤젤레 스(이하 UCLA) 교수다. 로봇을 만드는 로멜라(RoMeLa, Robotics and Mechanisms Laboractory)연구소 소장이기도 하다. 아르테미스 는 그가 '끝판왕'이라고 표현한 것처럼 이전에 만들었던 로봇 들보다 향상된 이동성과 안정성을 갖춘, 가장 진보한 로봇이다. 2018년 아르테미스를 연구하기 시작했으니, 6년 만에 맺은 열매 다. 아르테미스처럼 뛰는 로봇은 학계 최초의 성과다. 보스턴 다 이내믹스 같은 산업체가 만든 로봇까지 쳐도 세계 세 번째다. 사 람의 관절과 근육 같은 탄성과 힘 조절 능력을 갖춘 로봇은 로봇 공학자들의 이상(理想)이다.

50

여기서 의문. 홍 교수는 아르테미스가 넘어지고 또 넘어지는 영상을 도대체 왜 모아놨을까. 아르테미스의 흠결 없는 모습만 담았어도 될 텐데. "넘어졌기 때문에 안 넘어질 수 있게 된 거거든요. 아르테미스는 아마 만 번도 넘게 넘어졌을 거예요. 실험을 하면서 찍은 동영상만 1TB(테라바이트) 정도죠. 일부러 막 넘어뜨리기도 하죠. 넘어지는 원인을 찾으려고."

처음엔 그저 재미있어서 만든 NG 영상이었다. "그런데 다시 보이더라고요. 로봇은 넘어질 때마다 업그레이드되거든요. 경험이 많아야 똑똑해지는 거죠. 사람도 그렇잖아요? 로봇을 만들면서 인간에 대해 새삼 다시 배우죠."

그도 그랬다. 승승장구, 탄탄대로였다. 2014년 이전까지는. 그해 학교를 버지니아 공과대학교에서 UCLA로 옮기면서 그는 자신의 로봇들을 모두 빼앗겼다. 로봇은 그의 분신이자 정체성이다. 믿고 따랐던 동료 교수에게도 배신당했다. 대학 측은 동료이자 가족 같던 제자들과도 갈라놓았다.

"그때 난 모든 걸 잃었죠. 아르테미스를 만들고 나서야 그 사건으로 겪은 트라우마나 고통, 시련의 시간이 극복된 느낌이에요."

회복 탄력성은 아르테미스에게만 생긴 게 아니었다. 크게 넘어진 이후 홍 교수도 달라졌다. "그래서 실패를 뭐라고 생각하냐고요? '실패했다, 그럼에도 불구하고' 뭐 그런 거? 오, 노(Oh, No)!"

실패는 우리의 커리큘럼

그는 '스타 교수'다. 소속사(인플루엔셜)가 있고, 매니저도 있다. 강연, 북토크, 방송 출연, 인터뷰 같은 한국 일정이 많아지면서 그를 전담 관리하는 회사가 생겼다. 대학 때 미국으로 건너가 지금까지 살고 있지만, 한국에서도 유명하기 때문이다. 식당이나 거리에서 사람들이 알아보고 사인과 사진 촬영을 요청하는 건 이제 예삿일이다.

그는 '천재 로봇공학자'다. 지금까지 만든 로봇이 40~50개 정도다. 2011년 세계 최초로 시각장애인용 자동차를 만들었다. 《워싱턴포스트》는 "달 착륙에 버금가는 성과"라고 평가했다. 성인 크기의 휴머노이드 로봇인 찰리를 미국에서 처음으로 만든 것도 그다. 찰리는 로봇들이 출전하는 월드컵인 2011년 로보컵 (RoboCup)의 챔피언이 됐다.

그런 그에게 '실패'를 주제로 인터뷰하고 싶다고 했더니, 이런 반응이 왔다. "실패 스토리만 가지고 30분 이상 할 얘기가 있을까요?" 마주 앉은 뒤엔 "무엇을 실패로 볼 것인지 정해야 할 것 같다."라며 실패의 정의부터 내렸다. '뼛속까지 이과생'이란 말은 이런 때 쓰는 걸까. 둘 다 웃음을 터뜨리며 인터뷰를 시작했다. 인터뷰는 30분이 아니라 세 시간 동안 이어졌고, 그는 "이런 얘기까지 하게 될 줄 몰랐다."며 눈물을 훔쳤다. 평소 미디어에서 보이는 밝고 유쾌한 에너지가 흘러넘치는 모습과는 다른, 그의 이면이었다.

아, 그가 인터뷰 초반 전제한 실패의 정의는 "목표를 이루려 노력했으나 이루지 못한 상태"였다. 결과적으로 그다지 중요하지 않게 됐지만.

**2018년 낸 에세이집 《데니스 홍, 상상을 현실로 만드는 법》에서
'로멜라는 실패도 교육과정으로 삼는다.'라는 대목이 인상적이었어요.**

로멜라의 가장 중요한 철학은 '실패해도 오케이(괜찮아).'라는 거예요. 그래야 도전이 두렵지 않게 되거든요. 혁신이란 건 마치 낭떠러지의 경계선을 걷는 일이나 마찬가지거든요. 떨어질 게 무서워서 안전한 데로만 가면 혁신이 나올 수가 없죠.

**학생들에게 어떻게
'실패해도 괜찮다.'라는 태도를 심어주나요?**

무조건 도전하고 막 실패하라는 건 아니에요. 설명하자면 '현명한 실패'죠. 도전할 가치가 있는지 일단 판단해보는 게 중요해요. 성공 가능성은 작고 실패 가능성이 크지만, 성공할 경우 파장이 큰 일이라면 도전해야 하죠. 도전하되, 안전장치를 준비하는 거예요. 아르테미스를 만드는 과정에서 넘어뜨리는 테스트를 할 때 넘어지더라도 부서지지 않도록 패딩을 붙이든지, 바닥에 안전판을 두든지 하는 것처럼요. 혁신하려면 도전해야 하고, 도전하면 실패도 많이 하게 돼있어요.

실패는 혁신으로 가는 과정이라는 거군요.

맞아요. 실패는 긴 과정의 하나일 뿐이에요. 실패하고 나서 그걸 어떻게 받아들일 것인지도 중요해요. '포기하고 좌절하고 이건 끝이야.' 하면 진짜 끝이지만, 거기서 배운다면 다음 단계로 나아가는 디딤돌이 되는 거죠. 그러니까, 그런 의미에서 실패는 좋은 거예요.

**그렇게 과정의 하나로 받아들이면
실패를 좀 덤덤히 받아들이게 되나요?**

그냥 실패만 본다면, 나쁜 거죠. 실패하지 말라고 하고 싶어요. 하지만 누구나 실패할 수밖에 없잖아요? 그러니까 받아들이는 자세가 중요한 거고, 그에 따라서 좋은 게 될 수 있는 거죠. 제가 연구소 학생들에게 강조하는 점이죠. 저 역시 실천하고 있고요.

**여섯 살 때 영화 〈스타워즈〉를 보고 로봇 만드는 일을 해야겠다고
마음먹었다고 알고 있어요. 그 이후 평생 이 일을 해야겠다고
진지하게 확신하게 된 계기가 있나요?**

한 번도 의심해본 적이 없어요. 세상에 없던 로봇을 만들고 싶었죠. 그러려면 연구소가 필요했어요. 물론 기업을 만들 수도 있지만, 그보다는 학교에 있고 싶었죠. 부모님 모두 교수였기 때문에 익숙하기도 했고요. 대학교수는 연구비를 끌어오는 능력만 있다면 로봇을 연구하기에 아주

좋은 직업이죠.

홀로 연구실에서 울던 신참 교수

그런데 초반에 연구비 때문에 고생한 적이 있지요?

처음 2년은 완전히 '루저(loser, 실패자)'였죠. 진짜 눈앞이 깜깜했어요. 여기저기 연구 제안서를 냈지만, 줄줄이 떨어지는 거예요. 혼자 연구실에서 울기도 했죠.

교수한테 연구비가 얼마나 중요하기에 그랬나요?

아이디어가 아무리 좋아도 연구비가 있어야 실행할 수 있거든요. 연구 주제가 있으면 여러 기관에 제안서를 써서 보내요. 심사에 통과하면 그 기관에서 펀딩을 하는 거죠. 그러면 그 돈을 대학과 연구소가 나눠 갖게 되고, 연구소에선 그 돈으로 연구를 하는 거예요. 제안서를 쓰는 데도 시간과 노력이 많이 들어가죠. 주제에 따라서는 사전 연구만 1년 정도 하기도 해요. 그런데 아무리 아이디어가 좋고, 공을 들여 제안서를 만들어도 채택되지 않으면 연구비가 안 나오니 연구를 할 수 없게 되는 거죠.

그래도 돌파구가 생겼지요?

맞아요. 현재 한국로봇융합연구원 원장인 여준구 교수의

제안으로 미국 국립과학재단 연구 제안서 검토위원단 평가위원을 할 기회가 있었어요. 그때 깨달았죠. 연구 제안서는 설득력이 핵심이란 걸요. 그런데 난 그간 내 아이디어가 얼마나 기가 막히게 좋은지 그것만 제안서에 썼던거예요. 이 연구를 지원해야 하는 이유, 그러니까 사회적 파급력이나 의미를 설명하는 게 중요한데 그건 빠뜨리고요. 제안자에서 검토자로 처지가 바뀌어보니 알겠더군요. 그 뒤로는 제안서를 내서 탈락해본 적이 없죠.

그는 로봇을 만드는 이유를 "인간이 행복해지는 데 도움을 주고 싶기 때문"이라고 말한 적이 있다. 그걸 가장 직관적으로 느낀 경험이 시각장애인용 자동차 브라이언을 개발했을 때다. 3년 연구 끝에 2011년 1월 29일 미국 플로리다 데이토나 국제 자동차 경기장에서 브라이언을 처음 선보였다. 롤렉스24 자동차 경주 대회 예선전에서 브라이언은 시속 45킬로미터로 가장 느렸지만, 가장 큰 환호를 받았다. 운전자는 마크 리코보노, 시각장애인이었다. 성공적으로 운전을 마치고 차에서 내린 마크의 눈빛, 역시 시각장애인인 아내와 뜨겁게 포옹하는 장면, 뒤이어 마크가 그를 안았을 때 느낌이 그에게 각인돼 있다.

그때 기분이 기억나나요?

우리가 하는 일이 세상을 바꿀 수 있다는 걸 머리가 아니라 가슴으로 강렬하게 느꼈죠.

《워싱턴포스트》도 "달 착륙에 버금가는 성과"라고
평가할 만큼 대단한 성과였죠.

그런데 그날 저는 기자회견도 가지 않고 혼자 호텔 방에서 울었어요. 전화기가 막 울려대고, 다들 나를 찾았지만. 왜 그랬는지 나도 잘 모르겠어요. 그냥 혼자 있고 싶었어요. 부정적인 감정은 아니었는데, 뭐라고 표현해야 할지 모르겠어요. 그 전까지 논문도 여러 건 썼고, 새로운 발명도 많이 했지만, 논문이 실제 제품이 돼서 사회를 바꾼 케이스는 많지 않았거든요. 그래서 약간 회의감이 들기도 했는데, 그때 내가 하는 일이 진짜 사회를, 세상을 이롭게 할 수 있다는 걸 실질적으로 알게 됐어요.

그보다 더 놀라운 건 시각장애인용 자동차 개발을 시도한 게 그의 팀 하나였다는 사실이다. 시작은 미국 시각장애인협회(The National Federation of the Blind, NFB)가 연 시각장애인용 자동차 개발 도전 대회(Blind Driver Challenge)였다. 열두 명의 학부생과 함께 꾸린 그의 팀이 유일한 지원자였기에 대회는 프로젝트의 성격으로 바뀌었다.

왜 지원자들이 없었을까요?

앞서 치러진 무인 자동차 경주 대회 참여자들에게 제가 묻기도 했어요. '불가능한 과제다, 돈도 안 되는 일인데 왜 도전하겠나.' 같은 답이 돌아오더라고요.

결국 실패할 일인데 왜 도전하냐는 거네요.

그렇게 볼 수도 있죠. 성공하기 어려운 일에 시간과 노력을 소비하기보다 다른 프로젝트에 투자하는 게 낫다는 의미였어요.

그런 얘기를 듣고도 생각을 바꾸지 않았네요.

처음엔 오기가 났죠. '안 된다는 거지? 그런데 내가 성공하면 어쩔 건데?' 같은. 크게 고민하지도 않았어요. 무인자동차와 시각장애인용 자동차는 전혀 다른 성격이라는 걸 개발하면서 깨달았지만.

그런데 막상 그 자동차를 시각장애인이
진짜 운전하는 걸 보니 어땠나요?

도전하면서 가진 생각이나 감정은 전혀 떠오르지 않았어요. 그냥 제로의 상태였다고나 할까요. 마냥 뿌듯한 것도 아니고, 슬픈 것도 아니면서, 아리기도 한, 정말 설명 못할 감정이었어요. 겸손해지기도 했고요. 그때 호텔 방에서 많이 울었거든요. 그러다가 '내가 왜 울고 있지?' 하면서 웃었다가 또 눈물을 쏟았다가 그랬죠.

그 기억과 함께 그의 눈시울이 이내 붉어졌다.

벌써 12년 전 일인데도 마음이 그때로 돌아가네요.

그런데 다시 없을 감정을 안겨준 자동차 브라이언은 지금 그의 곁에 없다. 볼 수도 없다. 2014년, 살면서 그가 가장 크게 넘어진 사건 때문이다.

또 다른 나를 빼앗기다

그는 2014년 대학을 버지니아 공과대학교에서 UCLA로 옮겼다. 스카우트 제안을 받은 것이다. 문제는 로멜라에서 그가 개발한 로봇들, 그리고 로멜라 소속 그의 제자들이었다. 전폭적인 지원을 약속하며 그를 붙잡았는데도 그가 결정을 번복하지 않자 버지니아 공과대학교 측은 로멜라 문을 걸어 잠그는 것으로 응수했다. 비밀번호를 바꿔버린 것이다. 그간 개발한 로봇도, 그의 연구 자료도 모두 로멜라 안에 있었다. 결국 그는 몸만 UCLA로 옮기게 됐다. 그뿐만 아니라 그 과정에서 멘토처럼 믿고 따랐던 동료 교수에게 배신도 당했다.

충격이 컸지요?

학교가 낸 특허를 제외하고, 교수의 연구물은 대학의 것이 아니에요. 학교 자산으로 분류된 것을 빼면, 로봇도 마찬가지고요. 그런데 2003년부터 제가 만든 모든 로봇을 뺏겼어요. 로보컵 2연패를 한 찰리도, 시각장애인용 자동차 브라이언도요. 그런데 어떤 일이 있었는 줄 아세요?

UCLA로 옮긴 뒤 열린 로보컵에 내가 만든 로봇인 토르가 상대 선수로 나온 거예요.

그건 어떤 기분인가요?

마치 납치당한 아들을 다시 만나 반가운데, 그 아들이 나쁜 놈들에게 세뇌당해서 나를 공격하는 듯한 기분이라고나 할까요. 그 와중에 나는 너무 반가워서 달려가 안아주고 싶고요. 그러니까 정말 '멘붕'이었죠. 자칫하다간 정신이 어떻게 될 수도 있겠더라고요.

토르는 어떤 로봇인가요?

그때까지 제가 만든 것 중 가장 걸작이었죠. 한국에도 토르 팬이 많은데, 제가 오리지널 토르 얘기는 잘 하지 않아요. 마음이 아파서. 그런데 이번에 토르를 훨씬 뛰어넘는 아르테미스를 만들면서 비로소 그 트라우마가 싹 사라졌어요.

오랫동안 힘들었군요.

그렇죠. 인생에서 가장 큰 위기였어요. 이제는 괜찮아졌지만. 하하.

9년 만에 극복이 된 건가요?

맞아요. 그간 인터넷이나 페이스북에서 내가 만든 로봇들이 로멜라가 아니라 다른 소속의 스티커를 붙인 채로 뜨면 진짜 혈압이 확 솟는 기분이었거든요. 보지를 못했어요.

로봇이 어떤 의미이기에 그런가요?

아들이라고 표현하면 좀 과장이겠지만, 그 비슷한 감정이에요. 나의 아이덴티티(Identity, 정체성), 내가 이룬 또 다른 나 같은 존재죠. 그러니까 나를 빼앗긴 듯한 느낌이었어요.

지금까지 만든 로봇들은 모두 데니스 홍의 또 다른 조각들이군요.

맞아요. 그 이후 황무지에서 시작해 9년 만에 그 모든 조각을 다 합친 것보다 훌륭한 새로운 나(아르테미스)를 만든 거죠! 아르테미스는 극복의 결과물이에요. 로봇의 끝판왕! 물론 우리 연구소 학생들과 함께해서 이룰 수 있었죠.

아르테미스도 로보컵에 출전하는 거죠?

올해엔 7월 프랑스 보르도에서 열려요. 아르테미스도 출전할 거고요. 아르테미스의 또 다른 의미가 뭔지 아세요? 'A Robot That Exceed Messi In Soccer'의 약자, '축구에서 메시를 능가하는 로봇'이라는 뜻이에요! 하하.

로봇을 개발하는 과정에서 일부러 수없이 넘어뜨린다고 했잖아요. 그때마다 업그레이드되는 거죠?

맞아요. 경험이 많아야 똑똑해져요.

2014년의 사건도 크게 넘어진 경험인데 어땠나요?

결과적으로 저는 제가 자랑스러워요. 처음부터 그랬던 건 아니에요. 당시 저한테 불법은 아니지만 그렇다고 윤리적이지도 않은 대처법을 조언한 분들도 있었거든요. 그런데 옳은 방법이라고 생각하지 않았기 때문에 따르지 않았어요.

옳다고 생각한 길을 따랐군요.

어릴 때부터 아버지(한국 최초 탄도미사일 '백곰'을 개발한 고 故 홍용식 교수)가 강조하신 말씀이 있어요. '인생에서 중요한 결정을 할 때 옳은 길을 선택해라. 당장은 망하는 것 같더라도 길게 보면 그게 바른 결정이다.'라고. 그 일을 겪은 뒤에 부모님과 식사할 일이 있었어요. 아버지가 먼저 그 사건 얘기를 꺼내셨죠. 그때 그 말을 하지 말았어야 했는데, 제가 이렇게 얘기했어요. '아버지의 가르침을 따랐지만 그래서 모든 걸 잃었어요.'라고.

부친은 뭐라고 하시던가요?

저를 안아주시면서 '네가 눈을 감을 때 이때를 돌아보면 분명히 너 자신이 자랑스러울 거다.'라고 해주셨죠. 지금 생각해보니 그게 맞는 결정이었어요. 오랫동안 힘들었지만요. 지금 하늘에서 보고 계시겠죠. 자랑스러워하실 거예요.

거울 속 나를 보고 소름 끼친 이유

아르테미스도 만 번이 넘게 넘어진 결과로 탄생했잖아요.
2014년 크게 넘어진 후 무엇을 느꼈나요?

앞으로 인생에서 이런 시련이 또 닥칠 거예요. 그렇다고
해도 두렵지가 않아요. 고통스러워도 옳은 결정을 하고
결국 이겨낸 내가 자랑스러워요. 더 현명해진 거죠. 또 그
런 위기가 닥친다고 해도 이젠 준비가 돼있어요. 헷갈리
지 않고 길을 잘 선택하리란 믿음이 있어요. 로봇도 넘어
질 때마다 (단점을 보완하게 되니까) 똑똑해지거든요. 사람
도 그런 거죠.

그 이전의 데니스 홍과 이후의 데니스 홍은 무엇이 달라졌나요?

시련을 원하는 사람은 없겠죠. 그런데 어떤 땐 필요할 수
도 있다는 생각이 들어요. 2014년이 제가 한창 잘나갔을
때거든요. 유명 잡지들 표지에 실리고, 한국에 오면 팬들
이 환호하고, 상도 받고요. 목에 힘이 들어갔을 때 뒤통수
를 탁 맞은 거죠.

그 사건이 태도를 변하게 한 거군요.

맞아요. 그즈음 한국에 오면 친구들, 심지어 제 누나도
'너 많이 바뀌었다.'라고 (농반진반으로) 그랬거든요. 겉으
로는 '아이고, 무슨.'이라고 했지만, 속으로는 씩 웃으면

서 '내가 부러워서 그런 거지.' 이렇게 생각하기도 했어
요. 제가 그렇게 변한 걸 알아차리지 못하다가 알게 된 계
기가 있어요.

언제인가요?

2013년 한국 코엑스에서 강연을 하고 강연장을 나서는데
청중이 저를 둘러싸고 환호해서 난리가 난 거예요. 그때
저한테 경호원도 붙었다니까요. 경호원들 안내로 호텔 방
에 들어왔는데 아드레날린이 샘솟으면서 저도 모르게 으
쓱한 거예요. 그때 세수를 하고 고개를 들어서 거울 속 내

얼굴을 딱 마주했는데 소름이 쫙 끼쳤어요.

왜요?

거울에 내가 있어야 하는데 내가 아닌 거예요. 아주 거만한 얼굴이 있었죠. 마치 귀신을 본 듯했어요. 소름이 끼쳐서 소파에 털썩 주저앉아서 멍하니 있었어요. 나 자신을 잃으면 안 된다는 걸 그때 깨달았어요.

이후에 대학을 옮기면서 그 사건도 겪은 거군요.

맞아요. 거울 속 낯선 나를 본 경험으로 정신을 좀 차렸고, 결정적으로 그 사건을 겪으면서 확실히 변화했어요. 책《오늘 하지 않아도 되는 걱정은 오늘 하지 않습니다》는 제가 페이스북에 올린 생각의 단상을 모은 거거든요. 편집자가 충분히 책으로 엮을 만한 내용이라고 해서요. 그 전까지는 그렇게 깊은 얘기들이 제 안에서 나오지 않았어요.

지나고 보니 축복이었다

실패한 학생들에게 해주는 말이 있나요?

우리 연구소에선 실패했다고 해서 좌절하거나 힘들어하지 않아요. 그런 분위기를 만들지 않죠. '안 됐어? 그럼 어떻게 해야 할까?'로 넘어가요. 이상하게 들릴지 모르지만, 실패했다고 슬퍼하거나 기분 나빠할 겨를이 없어요. 오히려 실패하지 않는 걸 좋게 보지 않죠. 그만큼 도전해보지 않았다는 거니까. 인생도 같은 맥락일 수 있겠죠. 저는 뭐 '실패했지만, 그럼에도 불구하고' 이런 거, 없어요.

실패를 거창하게 만들지 않는다는 거군요.

Exactly(정확해요)!

실패의 정의를 데니스 홍의 인생사전에서 다시 써본다면 뭘까요?

'실패는 성공으로 가는 디딤돌이다.' 그건 진짜로, 연구에서도, 내 삶에서도 기본이 되는 생각이에요. 말하자면, 실패는 Blessing in disguise(가장된 축복)죠. 지나고 보니 축복이란 거예요. 제 아들 이든한테도 자주 해주는 얘기죠.

지금까지 해온 실패의 경험으로 얻은 '삶의 도'는 무엇인가요?

'긍정은 언제나 길을 찾는다.' 긍정적으로 생각해야 이겨낸다는 뜻이 아니라, 아무리 어려운 상황에서도 잘 뒤집어 헤쳐 찾아보면 어딘가에는 긍정적인 면이 있다는 거예요. 그걸 찾아서 키우면 좋은 결과로 이어질 수 있어요. 공교롭게도 UCLA의 모토이기도 해요. 그래서 제가 학교 광고에도 등장한다니까요. 하하.

그에게 자주 붙는 수식어는 '천재 로봇공학자'다. 그 대신 다른 말을 하나 만들어달라고 부탁했다. '실패'라는 단어를 활용해서. 그는 잠시 생각하더니, "실패를 두려워하지 않는 데니스 홍, 실패를 이용할 줄 아는 데니스 홍!"이라고 답했다.

> 좋든 나쁘든 과거의 그 일이 있었기 때문에 오늘날의 내가 있는 거죠. 그래서 오늘의 내가 참 좋아요. 그리고 오늘의 나한테 100퍼센트 만족해요! 하하.

그가 '로봇의 끝판왕'이라고 입에 침이 마르게 칭찬한 아르테미스가 넘어지지 않는 비결은 조인트 구동장치에 있다. 인간의 근육처럼 힘 조절이 가능하고 유연해 쉽게 넘어지지 않는 것이다. 대목을 설명하다가 그는 눈을 반짝이며 또 말했다. "유연한 사람들은 살면서 넘어져도 부러지지 않잖아요. 뻣뻣한 사람들이 버티다가 결국 부러지죠."

넘어졌기에 몇십 배 강력해진 데니스 홍, 실패로 업그레이드된 데니스 홍이 알려주는 '현명한 실패'를 하는 비법이다.

끝장?
아니, 성장

착각하기 쉬운
위험한 이력서

배우

김혜수

©사진작가 강영호

"실패를 주제로 배우 김혜수를 인터뷰한다고? 그 사람이 무슨 실패를 했지?"

그를 인터뷰했을 때, 내 주변의 반응이 그랬다. 나도 궁금했다. 그의 입에서 어떤 이야기가 나올까. 아니, 내가 어떤 말들을 끄집어낼 수 있을까. 그의 속 어디까지 들어갈 수 있을까. 그는 '실패'를 주제로 한 인터뷰에 진심이었다. 이런 인터뷰라면 자신도 하고 싶다고 그가 먼저 손 내밀어 성사된 인터뷰였다. 그래서 잘하고 싶었다. 잘하고 싶어서 힘을 빼려고 참 노력했다. 그의 작품부터, 그와 관련된 과거 기사, 유튜브와 SNS까지 찾아보면서 질문을 준비했다. 그러곤 어느 순간엔 확 털어버렸다. 인터뷰는 어차피 예상대로 흘러가지 않고, 또 그래야 한다. 생각하지 못한 말들이 나와서 '이 끝에 뭐가 있을지 나마저도 궁금해지는 인터뷰'. 그것이 내가 바라는 인터뷰다. 실제 인터뷰를 할 때 그 순간은 찾아왔다. '그래, 연기는 저런 분들이 하는 거지. 너 그동안 완전 애썼다.'라고 스스로를 쓰다듬어주었다던 기억. 그 얘기를 할 때다. 많은 대중이 인정하고 감탄하는 그에게도 그런 시간이 있었다니. 그 말을 들으면서 나의 시간이 겹쳐졌다. 기자로, 인터뷰어로 애써왔던 나 말이다. 그래서 그도 안쓰럽고, 나도 안쓰러웠다. 연기의 의미를 찾는 데 실패해 여기까지 왔고, 어느 순간엔 스스로를 "20퍼센트쯤 부족"한 배우로 인정했다는 그의 고백은, 우리 인생이 지닌 내밀한 속사정과 다르지 않아 애틋했다.

"매우 위험하네요."

누구도 아닌 자신의 이력을 두고 그는 이렇게 단언했다. 짐짓, 심각한 표정을 하고서다. '스스로 대단하다고 착각할 법하다'는 거다. 그 '위험한 이력'이란 뭔가.

38년째 주연. 1986년, 열여섯 살에 영화 〈깜보〉로 데뷔한 이래 출연한 영화 35편. 그의 영화를 본 관객 수를 모두 합치면 5,530만 명. 드라마는 특별 출연을 제외하고도 47편. 수상 경력은 또 어떤가. 스물세 살에 영화 〈첫사랑〉으로 청룡영화상 최연소 여우주연상 수상(깨지지 않은 기록이다), 이를 포함해 한국 3대 영화상에서 여우주연상 5회 수상, 드라마로 지상파 채널 연기대상 3회 수상.

이름 자체가 상징인 배우, 김혜수(53)의 발자취다. 그런데 그에게 중요한 건 숫자나 트로피가 아니었다. 외려 이력을 한 문장씩 읊어줄 때마다 그는 남의 애기 듣듯 했다.

"스물세 살 때였다고요?" "최연소 기록이 아직도 안 깨졌어요?" "제가 여우주연상을 다섯 번 받았어요?" "연기대상도 3회나?" 그러더니 거듭 반문했다. "이게 제 애기라는 거죠?"

반응에서 짐작할 수 있듯, 그는 자신이 받은 상조차 되새겨본 적이 없다. "상 받은 그 순간을 충분히, 진실하게 느꼈으면 된 거라고 생각해요." 찰나의 기쁨을 영원의 도취로 확장시키지 않으려는 노력으로 들렸다.

그렇다면 그가 지금까지 연기를 이어온 동력은 무엇인가. "내 청춘의 대부분을 바친 이 시간의 의미가 무엇인지, 나는 과연 어떤 배우인지 그 답을 찾는 게 참 중요했어요. 그에 실패해 여기까지 도달한 건지도 몰라요."

과정에서 느끼는 희열, 이를 동력 삼아 성장해온 김혜수의 시간, 이 인터뷰는 그에 관한 것이다. 김혜수라는 자격을 만든 시간의 연대기 말이다. "인생의 목표는 성공이 아닌 성장, 중요한 건 실패가 아닌 시도"라는 삶의 태도가 그의 이름 석 자가 지닌 무게를 만들었다.

정작 그는 "몸이 무겁지, 이름은 가벼워요."라며 호쾌하게 웃었다.

내 시간의 주인이 되지 못한 나날들

"난 오늘을 살아."(드라마 〈하이에나〉, 정금자)

**38년째 '주연' 자리를 지켜온 족적 자체도 대단하지만
그간 쌓아올린 이력도 대단해요. 게다가 무명 시절도 없죠.
돌이켜보면 이런 이력이 성공적인가요, 실패적인가요?**

매우 위험한 이력이죠. 너무 위험한 이력이야. 액면 그대로만 보면 거의 주연만 했고 깨지기 어려운 최연소 기록도 갖고 있잖아요. 실패가 없을 것 같은 이력, 그 자체가 얼마나 위험해요? 착각하기 쉬운 이력, 허상에 휩싸이기 쉬운 이력이잖아요.

그런데 수상 이력을 잘 모르네요.

세어본 적이 없나요?

내 것을 남기는 데 관심이 없어요. 트로피도 집에 없고 회
사에 있죠. 상을 받는 순간에는 정말 감사하게 받아요. 그
순간은 진심이죠. 그러나 그게 다예요. 그 순간을 충분히
진실하게 느꼈으면 된 거죠. 좋은 일이든, 나쁜 일이든 지
나간 것엔 의미를 두지 않아요.

그에게 가장 중요한 시간은 '지금 이 순간'이니까.

37년간 영화와 드라마를 합쳐 80편 넘게 했어요.

쉴 새 없이 연기를 한 것 아닌가요?

예전엔 1년에 여러 작품을 하기도 했으니까. 당연한 게
아닌데 당연한 듯 말이에요. 물론 내가 설계한 건 아니죠.
내 의지가 차단됐다고 해야 하나. 내 의지가 중요하지 않
았던 시기가 있었죠.

시간의 주인이 내가 아니었던 거네요.

너무 어릴 때 데뷔했으니까. 내 의지가 무참하게 없어지
면 내가 없는 거나 똑같더라고요. 그런 시기를 꽤 길게 보
냈죠. 어린 시절을 돌이켜보면 제일 속상하고 아까운 게,
친구들의 시간과 내 시간이 다른 거였어요. 물론 그래서
우쭐한 면도 있었지만, 아깝고 불안하기도 했죠. (그러면 안

되겠다고 깨달은) 이후에는 모든 순간을 다 내 의지로 해요.

그 시절 덕에 시간의 소중함을 알게 된 건가요?

너무나, 절실하게.

그는 한때 원하지 않은 영화를 찍은 적도, 그래서 지금으로서는 상상이 안 되는 태도로 촬영에 임한 적도 있었다고 했다. 그로 인해 흘린 눈물을 아직도 기억한다. 내 시간의 결정권을 상실해 얻은 실패의 기억이다.

**너무 어릴 때부터 연예인이었으니
개인 시간이라는 것도 거의 없었겠어요?**

잠도 그래서 줄였어요. 연예인으로 사니까 내 시간을 내가 원하는 대로 쓸 수가 없잖아요. 어릴 때는 특히. 그러니 잠이라도 줄이지 않으면 그나마 내 시간이 정말 없는 거예요. 그래서 내겐 시간이 엄청나게 중요해요. 나는 사람을 만날 때도 '내 시간을 얼마나 줄 수 있는 사람인가, 내가 얼마나 함께할 수 있는 사람인가' 생각해요. 물론 일에 쏟아붓는 시간은 별개의 문제고요.

잠을 줄였다니, 언제부터인가요?

아마 고등학교 2학년 말부터 그랬을 거예요. 대입 준비를 해야 하는데 공부할 시간이 없으니까. 통에 든 인스턴

트 가루 커피를 밥 숟가락에 반 정도 퍼서 입에 털어 넣으면 밤을 새울 수 있더라고요. 카페인에 예민하다는 걸 그때 알았죠. 잠을 안 자고 내가 하고 싶은 일을 하는 게 참 신났어요. 공부도 하고 책도 봤지만, 딱히 할 일이 없어도 혼자서 깨어있는 게 참 좋더라고요. '내 시간'으로 느껴진 거죠.

세상이 잠든 밤, 혼자 깨어 자기 시간을 누렸을 소녀 혜수가 그려졌다. 소박한 행복이다.

작품으로 따지면, 언제 내 시간의 주인이 됐나요?

영화 〈닥터 K〉(1999)예요. 내 의지로 처음 선택한 작품이에요. 20대 후반이니 말도 안 되는 일이죠. 초등학교 저학년부터 자의식으로 무언가를 해나가는 사람들도 있는데. 나는 모든 게 참 느렸어요. 그래도 그때라도 시작해서 다행이라고 생각해요. 후회하지도 않죠. 그것도 굉장히 오래 생각하고, 망설이고, 큰 용기를 내서 한 거니까.

**시간 얘기가 나와서 말인데, 과거 인터뷰에서
'만약 배우를 그만둔다면 조용히 사라지고 싶다.'라는 취지의
말을 한 적이 있던데, 왜 그런가요?**

내 인생은 뜻하지 않게 좋은 순간이건, 나쁜 순간이건 좀 요란했어요. 복에 겨운 소리일 수도 있는데 '나만의 시

간'이란 게 언제부터인지 없어졌죠. 물론 주책스럽게 나 스스로 공개할 때도 있지만. 어떤 땐 정말 공유돼선 안 되는 일조차 강제로 알려지기도 했죠. 이기적이거나 얌체 같은 생각일 수도 있어요. 필요에 따라 이런 건 공유하고, 어떤 건 나만의 것이고 싶다는 게. 그럼에도 이 일을 하다가 조용히 사라지는 것 정도는 꿈꿔볼 수 있지 않을까.

사람을 잃고, 사람을 얻다

"회사에서 내 의자를 잃는 것보다 무서운 건 동료를 잃는 거야."(드라마 〈직장의 신〉, 미스 김)

대중은 '배우 김혜수'를 강한 이미지로 여기는 듯해요.
하지만 살다 보면 힘든 일이 없을 수는 없죠.
일의 실패든, 인연의 실패든. 그런 때는 어떻게 견디나요?

(영화 〈밀수〉 촬영 때 생긴 이마의 흉터를 가리키며) 어느 날 상처가 생기고 봉합하고 아물어도 이렇게 흉터가 남잖아요. 흉터를 보면 다친 날이 떠오르기도 하고 그걸 잊으려고도 하죠. 삶을 지나오면서 그걸 깨달았어요. 이겨내거나 견디려 한다고 해서 가능한 게 아니라는 것. 그러니 상처를 굳이 잊으려고 애를 쓰지 말자고. 그래서 난 그냥 흘려보냈어요. 그렇다고 괜찮은 척하지도 않아요. 가장 중요

한 순간에 난 '나부터'예요. 힘들면 웅크리고 있기도 하고요. 내가 아파 죽겠는데 왜 씩씩한 척해. 그리고 난 이런 구분을 하는 지각은 있어요. 자책해야 할 때와 현실을 직시해야 할 때를 구분하는 지각. 다행이죠.

인생의 고비들이 자신한테 준 건 뭘까요?

사람을 잃고, 사람을 얻죠. 시간과 더불어 중요하게 여기는 존재가 사람이에요. 그리고 (그런 고비들로) 나를 좀 더 뚜렷하게 알게 되더라고요. 사람은 가장 나락으로 떨어지는 순간, 그리고 꿈꾼 것 이상으로 빛나는 순간 자기가 어떤 사람인지 깨달아요.

영화 〈내가 죽던 날〉에 "내 곁에 아무도 남지 않았다."
"네가 남았다."라는 대사가 나와요. 구원의 메시지인데,
작품이 구원이 된 적도 있나요?

재미있는 게 사적으로 힘든 일이 있을 때는 책(대본이나 시나리오)도 안 봐야 하는데, 난 그러지를 못해요. 시나리오든, 대본이든 들어오면 빨리 보고 답을 주는 게 습관처럼 돼서. 그때 본 책 중 하나가 드라마 〈직장의 신〉이었어요. 대본이 진짜 재미있었어요. 그래서 한다고 한 거예요. 그런데 결과적으로 참 다행이었어요. 왜냐하면 우리 일은 시작하면 그것 말고 다른 건 생각하지 못하게 하는 강력한 힘이 있거든요. 그러니까 난 그 드라마를 찍으면서 살아남은 거예요. 심지어 〈직장의 신〉은 코미디였잖아요.

그는 〈직장의 신〉으로 2013년 연말 'KBS 연기대상'에서 대상을 받았다.

일이 살린 거네요.

맞아요. 사람마다 다 운명의 순간이란 게 있나 봐요. 이 나이에 이런 얘기하는 게 건방지지만, 누구나 삶에 고비가 오잖아요. 그게 한 번도 아니죠. 그런데 그 운명에서 살아남을 기회도 함께 오는 것 같아요.

일에는 신비한 힘이 있어요.

맞아요. 그리고 내가 그렇게 단순하기도 하고요. (웃음)

그런가 하면 '연기가 내 길이 아닌가?' 하고 의심한 적은 없었나요?

음, 아마 1990년대 중반 즈음까진 연기를 별로 좋아하지 않았을 거예요. 그땐 하도 연기를 못한다는 소리를 많이 들어가지고.

그런 때도 있었나요?

그럼요. (웃음) 나 스스로도 연기가 안 맞는다는 생각이 들었고요. 아니, 그렇게 열심히 하는데 늘지도 않는 것 같

고, 거기다 못한다고까지 하니까. 그런데 시나브로 과정
이 재미있어지더라고요. 지금도 물론 아주 열심히 하죠.
그건 자신 있을 정도로. 아마 나만큼 열심히 노력하는 배
우는 없을 거예요.

작품 할 때는 못 먹고, 못 잔다면서요?

먹는 거야 어쩔 수 없이 조절하는 거고요. 잠은 안 잤죠.
그런데 이제는 그렇게 하지 않으려고 해요. 잠이 건강에
아주 중요하다는 걸 그간엔 몰랐어요.

얼마나 몰입해 준비하는지 관객이나 시청자는 알지 못하죠.

알 필요가 없죠. 관객이나 시청자는 결과를 보는 거니까.
당연한 거라고 생각해요. '실은 제가 이만큼 노력했는데
요.'라거나 '이런 사정이 있었거든요, 알아주실래요.'라고
할 수가 있나요.

사람들이 이런 말도 많이 하죠.
'김혜수는 칭찬 장인'이라는.

난 좋은 건 많이 나누자는 쪽이에요. 정보건 지식이건. 좋
은 걸 나눠서 손해 볼 일 없잖아요. 좋은 말도 마찬가지예
요. 난 말의 힘을 믿거든요. 온기 있는 말 한마디가 얼마
나 내적인 힘이 되는데. 그리고 상대에게 얼마나 큰 동기
부여가 되는데. 꾹 참는다고 저축되는 것도 아니고요. 나

도 여러 번 경험했어요.

본인에게도 그런 한마디가 있나요?

20대부터 친하게 지내온 언니가 있어요. 올해 생일에도 만났죠. 언니가 제게 그렇게 말하거든요. '혜수야, 나는 너한테 사랑을 배웠어.' 언니는 아낌없이 그런 얘기를 해요. 제겐 언니가 '마음의 고향' 같죠. 묵직한 느낌이 있는 사람이거든요. 특별한 일이 있는 경우를 빼고 서로의 생일마다 만나 그런 얘기를 나눴을 거예요. 같은 말이지만 언니가 매번 진심인 걸 알아요. 그런 말을 주고받을 수 있다는 게 참 좋아요.

그를 향한 후배 여성 배우들의 마음은 각별하다. 손예진은 "김혜수 선배는 30년 넘게 배우를 하면서 한 번도 대중의 눈 밖에 난 적이 없다. 그건 어디서 나온 힘일까. 나도 그럴 수 있을까 생각한다."라고 고백한 적이 있다. 그를 가리켜 한지민은 "제게 늘 좋은 본보기가 돼주는 선배", 천우희는 "늘 힘을 주는 선배이자 함께 연기하고 싶은 배우"라고 말했다.

그는 이미 존재 자체로 의미가 됐다. 역사이기도, 증명이기도, 위로이기도, 응원이기도, 이상이기도 한.

지금의 '김혜수'라는 상징에 이르기까지, 그의 연료는 무엇이었을까.

나는 한 20퍼센트쯤 부족하구나

"사람은 누구나 완벽하지 않아. 어쩌면 이 계영배처럼 작은 구 멍이 뚫려있을지도 모르지. 사실 국모인 나도 구멍이 숭숭 나 있 다. 스스로 만족한다면, 꽉 채우지 않아도 썩 잘 사는 것이다."(드 라마 〈슈룹〉, 임화령)

그가 2017년 영화 〈미옥〉을 끝냈을 때다. 집에 초대한 친구들이 돌아간 새벽, 누군가 틀어놨던 TV에서 영화 〈밀양〉(2007)이 재 방영되고 있었다. 한 번 봤던 작품인데도 빨려 들어갔다. 10년 전 처음 봤을 때와는 또 다른 감정이 올라왔다.

자막이 올라가는 걸 본 뒤, 그는 자리에서 일어나 베란다로 나 갔다. 한겨울의 새벽이었다. 영화의 울림과 차디찬 공기가 뒤섞 여 그의 뇌를 깨웠다.

"그래, 연기는 저런 분들이 하는 거지. 너 그동안 완전 애썼다."

스스로 머리도 쓰다듬었다. "정말 충분히 수고했어."

그건 어떤 감정이었나요?

연기는 저런 놀라운 분들이 하시는 일이라는 생각이 들더 라고요. 경이로웠어요. 비아냥거리는 게 아니라 진짜로. 그런 일을 지금까지 내가 해온 게 용하다는 생각이 들었 어요. 다른 사람들은 모르지만 나는 알잖아요, 내가 얼마나 애썼는지. '이 정도면 너 정말 애썼다. 저런 분들이 연기하는 속에서 새우 등 터지지 않고, 남한테 티도 안 내고 꿋꿋하게 해낸 게 어디야. 대견해.' 그런 생각이 들었죠.

스스로 안쓰러웠던 건가요?

비애나 자조 같은 감정은 아니었어요. 개운하고 산뜻했어요. 그런 감정이 드는 날이 올 줄은 예상하지 못했는데. 기분이 좋더라고요. '나 그간 충분히 최선을 다했다. 그거면 됐지 꼭 1등을 해야 하나. 꼭 무슨 의미를 찾아야 하나. 그걸로 충분하다.' 그런 생각이 들었죠.

영화 〈국가부도의 날〉(2018) 시나리오가 그의 손에 들어오지 않았다면, 그의 필모그래피는 거기서 끝났을지도 모를 일. 그는 "시나리오를 보고 피가 거꾸로 솟는 느낌을 받았다. 그런 감정이 든 건 처음"이라고 말했다. 영화 〈밀양〉, 그리고 〈국가부도의 날〉이 그에게 준 자극은 곧 그가 '연기하는 이유'와 맞닿아 있다.

자신에게 연기의 의미는 뭔가요?

연기는 내가 정말 많은 시간을 할애한 일이자, 내 인생을 구성하는 굉장히 큰 요소예요. '원하건, 원치 않건'이란 수식어를 붙이는 게 의미 없을 정도로. 지금의 나에 도달하는 결정적인 과정이었죠. 연기로 성장했어요, 나는. 배우로서의 시간, 개인적인 시간 그걸 구분할 필요도 없죠.

지금까지 연기를 해온 이유, 또 그렇게 만든 힘은 뭘까요?

나 스스로 명분을 찾고 싶었어요. 그 명분이란 나한텐 의미죠. 내 시간을 규정하는 의미. 어릴 때부터 오랫동안 내 시간의 결정권이 없이 살았다고 했잖아요? 그래서 내겐 시간이 아주아주 중요해요. '10대는 차치하고라도 내 청춘의 대부분을 연기에 바쳤는데, 그럼 그 시간의 의미가 뭐지?' 그 의미를 찾으려고 이 시간을 연장해온 거예요. 40대까지는 그랬던 것 같아요.

그래서 찾았나요?

그 의미를 찾는 데 실패해서 여기까지 왔죠. 나 스스로를 바라보는 눈이 생긴 것일 수도 있고요. 연기에 쏟아부은 시간 동안 내가 어떤 배우인지를 알고 싶었거든요. '남들이 규정하는 나'가 아니라 '내가 규정하는 나'. 그것만 알았다면 당장이라도 그만뒀을지 몰라요. 배우들이 흔히 하는 말 있잖아요. '배우란 일이 참 힘들고 고통스럽죠. 그렇지만 한순간의 희열이 여기까지 오게 했어요. 그걸로 만족해요.' 그런데 나는 아무리 열심히 해도 그걸 못 느끼는 거예요.

못내 아쉽고 애달픈 감정이 그의 눈과 표정에 고스란했다.

그런 말 많이 들었겠지만, 자기 자신을 너무나

냉철하게 봐서 그런 것 아닐까요?

다른 사람들이 '왜 그렇게 겸손해요, 왜 그렇게 자신한테 야박해요.'라고 하는데 난 아니거든요. 정말 모르겠어요. 닿지를 않는 거예요. 나는 (연기의 희열, 의미를) 정말 느끼고 싶은데, 너무나 절실한데 말이에요. 그 비슷한 감정을 느낀 적이 있는데 너무 짧았어요. 너무 찰나여서 '이건가, 이게 맞나, 아닌가?' 싶고.

의미를 찾는 데는 결국 실패한 건가요?

그렇죠. 그런데 그러다 이런 생각에 이르렀어요. 현장에서 (연기한 장면을) 모니터로 볼 때는 참 시니컬해지거든요. 어느 순간 모니터링을 하다가 그런 걸 느꼈어요. '아, 나는 이런 배우구나. 한 20퍼센트쯤 부족하구나. 그래, 이런 배우도 있어야지. 이게 나의 고유성인데.' 그렇게 나를 인정하게 된 거죠.

그러고 나니 달라지는 게 있던가요?

좀 편해진 것 같아요. 이러다가도 '왜 죽어도 안 되지?'라는 생각이 들어서 내가 나한테 너무 섭섭하기도 하고, 내가 너무 싫어지기도 하지만, 그렇다고 포기하는 게 아니라 '나는 이런 배우지.'라고 인정해요. 나를 인정하는 훈련이라고 해야 하나, 나를 새롭게 하는 과정이라고 해야 하나. 그 단계에 진입한 지 몇 년 된 것 같아요. 그런데 이것도 꽤 괜찮아요. 나를 다른 시각으로 바라보는 느낌이죠.

한계라는 감각

"해보지도 않고 후회하느니 엉망이 되더라도 해보는 게 낫지 않겠어?"(드라마 〈시그널〉, 차수현)

그와 함께 작업해본 감독들의 공통점이 있다. 이 배우의 성실함에 혀를 내두른다. 영화 〈차이나타운〉(2015)으로 데뷔한 한준희 감독은 이렇게 말한 적이 있다. "(배우 김혜수 씨는) 영화에 어울리는 의상 콘셉트를 정할 때도 하루에 사진을 100장씩 보내면서 함께 상의하고 고민했죠. 그러면서 우리가 동의에 이른 게 '중요한 건 멋있지 않았으면 좋겠다.'였어요."

매 작품 그렇게 시간과 노력을 쏟으면
후회도, 미련도 남지 않을 것 같아요.

그렇진 않아요. 그러면 행복할 수도 있지. 그 정도는 아니지만, 비슷하다고는 할 수 있을까요? 그 (후회도, 미련도 없을 정도로 다 쏟아부은 수준) 비슷하다고 하기에도 양심이 없는 거지만, 그 순간에는 다 쏟아붓긴 하죠. 정말 최선을 다해요. 그런데 본인의 한계를 본인이 알 수는 없잖아요. 내 한계를 현실적으로 정확히 맞닥뜨리는 순간이 있을 수 있겠죠. 어떤 면에선 그것도 축복이에요.

그는 작품을 준비할 때마다, 혹은 작품과 상관이 없더라도 관심 있는 자료를 모아둔다. 이사하면서 외장 하드가 손상되긴 했지만, 축적한 데이터 양이 테라바이트 단위였다.

수집한 자료의 양이 엄청나네요.

시대별로는 개인적으로 좋아하는 1920년대, 1950년대, 1970년대 자료가 많은 편이에요. 작가, 화가, 건축가, 정치가까지 분야별로 영향력이 있거나 제가 관심 있는 인물들 위주로 자료를 모았죠. 음악, 미술, 건축, 가구, 조명, 인테리어, 패션, 사건, 사고…… 뭘 위해서가 아니라 관심 있는 자료를 모으고 보는 걸 아주 좋아해요. 오래된 취미죠.

평소에도 꾸준히 공부하고 작품을 할 때는 더
열정적으로 자료를 찾으며 몰두하는데, 지치진 않나요?
'너무 힘들어서 더는 못 해먹겠다.'라는 생각이 든 적은 없어요?

아우, 나는 그런 태도로 사는 건 생각하지 못해요. 일이든 아니든.

특별히 잊지 못하는 작품은 뭔가요?

최근 작들은 다 잊지 못해요. 옛날 작품은 옛날이라 기억이 안 날 뿐. 최근 몇 년 사이 작품 중에선 〈시그널〉(2016) 이에요. 김원석 감독님한테 크게 배워서죠. 나는 〈시그널〉 전에도 열심히 했고 그때도 최선을 다했어요. 그런데 최선을 다한다고 생각했을 뿐이란 걸 알았어요. 최선이라는 건 내가 선을 정해놓고 거기까지 하는 게 아니잖아요. 그 이후로 스스로 최선을 갱신하는 내적 재미가 생기기 시작했죠.

김원석 감독의 무얼 보고 배운 건가요?

아주 여러 가지예요. 예를 들면, 연출자가 작품 전체를 총괄해야 하는 건 맞아요. 그렇지만 그렇다고 다 알 수 있는 건 아니에요. 예를 들면, 음악, 음향, 편집, 녹음, 자료 같은 정말 많은 부분이 있으니까. 그런데 이분은 다 관여해요. 모르면 배우고요. 나는 보통 작품 할 때 감독한테 '생각나는 아이디어가 있으면 바로 문자메시지로 보내도 되나요? 너무 시간이 늦거나 이를 땐 주무실 수 있으니까 답 안 주셔도 돼요. 혹시 나중에 잊어버릴까 봐 보내려는 거예요.' 하고 물어. 그럼 감독들이 대부분 좋다고 하거든요. 그런데 김원석 감독은 새벽 3시건, 4시건 문자를 보낼 때마다 늘 즉각 답을 하더라고요. 유일했죠. 그건 안 잔다는 거잖아요. 거기다 편집이건 음악이건 '이렇게 하면 어떨까요?'라고 의견을 내면 '아, 그건 이래서 이렇게 한 거예요.' 해요. 다 알고 있다는 거죠. 그걸 보면서 '아, 이런

©사진작가 강영호

게 최선이구나.' 깨달았죠. 김원석 감독에겐 그게 당연한 거였어요. 그때 각성했어요. 그러면서 또 한 번 (작품 임하는 태도가) 달라졌죠. 그래 봤자 기본을 하는 거지만.

기본의 수준이 너무 높은 것 아니에요?

사람이 그렇잖아요. 연기를 하면 주인공을 하고 싶어 하고, 기자도 이왕이면 메인 기사를 쓰고 싶어 할 테고요. 그런데 그러려면 감당해야 하는 거죠. 그럴 수 있는 자산이 적으면 메워야 하고요. 그걸 하지 않고 돈도 받고, 사랑도 받고, 칭찬도 받고……. 그런 직업이 세상에 어디 있어요. 말이 안 되잖아. 운이 좋아 잠깐 그럴 수는 있겠죠. 40년 가까이 그럴 수는 없어요. 그러니 내게는 그게 기본이에요. 저보다 훨씬 역량이 좋은 배우가 많은데도 이렇게 오래 연기를 할 수 있는 건 정말 감사한 일이죠. 이렇게 느리게 성장하는 배우임에도, 이렇게 긴 시간 연기를 할 수 있어서.

속도가 중요한 건 아니죠, 성장한다는 사실이 중요하지.

난, 성장하지 않으면 죽을걸요. 성장이 가장 중요해요. 무언가 긍정적인 자극과 영향을 받아야 살 수 있는 사람이에요. 0.1밀리미터라도 성장해야 살아있다고 느껴요. 정체돼 있으면 죽어있는 거나 마찬가지예요. 그래서 인생에서 중요한 게 '행복이냐, 불행이냐'가 아니라 '재미있느냐, 아니냐'예요.

최소한 나는 실패를 '했다.'

실패했다는 건 최소한 '했다'는 뜻이잖아요. 그게 중요해요. 머릿속에 있는 거? 말로만 하는 거? 중요하지 않아요. 해야죠. 실패해도 돼요. 실패가 없는 사람보다 실패한 사람이 훨씬 낫죠. 실패는 가능성이니까. 실수하고 실패하더라도 결국은 그게 삶의 원동력이 돼요. 나는 성공이 아니라 성장이 목표인 사람이에요. 거기서 희열을 느끼는 사람이고.

그는 한때 "배역보다 김혜수가 더 보인다."라는 비판도 들었다고 했다. 그게 나쁜 말일까. 곱씹어봤다. 어쩌면 대중은 '김혜수가 보이는 배역'이라서 그를 사랑하는 게 아니냔 말이다.

그는 인터뷰를 준비하면서도 주제와 시기, 장소, 사진을 두고 여러 달에 걸쳐 상의하고 아이디어를 주고받았다. 오랜만에 그런 과정의 즐거움을 누린 건 온전히 그의 공이다. 그런데도 그는 "인터뷰하러 나오기 직전까지도 '나갈 만한 자격이 되는지' 고민이 됐다."라고 했다.

그는 "과연 난 어떤 연기자인가? 연기에 쏟아부은 이 시간의 의미는 무엇인가?"라는 자문의 답을 찾는 데 실패했다고 했지만, 그 답은 이 인터뷰에 알알이 각인돼 있을 듯하다. '배우 김혜수'의 의미는, '사람 김혜수'에 있다고.

실패하더라도
'이쇼라스'!

발레리노 이원국

'스무 살에 발레를 시작했다고?' 우연히 본 기사 속 한 줄이 내 눈을 사로잡았다. 발레리노 이원국 씨에 관한 내용이었다. 게다가 청소년기에 '방황의 시절'이 있었다니, 대체 어땠기에? 더 궁금해졌다. 그는 전성기 시절 CF 광고까지 찍을 만큼 유명한 발레리노였다. 실제 만나 들은 그의 스토리는 정말 영화 같았다. 인터뷰 내내 나는 입을 벌린 채 그에게 집중했다. 말부터 눈빛, 표정까지 놓치고 싶지 않았다. 인터뷰 장소는 그가 강의를 하는 단국대 죽전캠퍼스 무용관의 소극장이었다. 사진 촬영 때문에 객석에 앉아 뒤돈 채 그와 얘기를 나누다 몇 시간이 흘러버렸다. 끝나고 나서야 목과 허리가 뻐근한 걸 느꼈다. 발레 얘기를 들으러 왔는데, 러브스토리가 나왔고, 그 사랑이 너무도 처절해서 눈에 몇 번이나 눈물이 고였다. 그 해 연말 발레 〈호두까기 인형〉을 봤다. 이 공연엔 어린 발레리나와 발레리노가 여럿 등장한다. 이전과 다른 감정이 몰려왔다. '제2, 제3의 이원국'을 보는 듯해서다. 이 무대에 서려고 얼마나 노력했을까. 그 사랑하는 발레를 할 수 있어서 얼마나 행복할까. 무용수들이 보낸 무대 밖의 시간까지 헤아려지면서 눈시울이 붉어졌다. 그 인터뷰 이후, 일을 떠올리면 '사랑'이 생각난다. 그리고 종종 묻는다. 나는 내 일을 얼마나 사랑하고 있는가.

무지개는 하늘에만 뜨는 게 아니다. 무용수들이 내뿜는 땀방울과 조명이 만나는 찰나에도 무지개는 반짝 스친다. 무대에 서기 전 무용수들이 흘린 피와 땀, 눈물, 그들이 맛본 고통과 좌절, 행복과 보람의 결정체가 만들어낸 무지개. 그러니 얼마나 농도 짙은 무지개일까.

38년 차 발레리노 이원국(56). 그가 '무지개'를 본 건, 수석 무용수로 섰던 국립발레단이나 유니버설발레단의 무대도, 러시아 최고의 발레 무대 마린스키극장도 아니었다. 객석 규모 100석 남짓한 소극장이었다.

"무대에서 턴할 때 순간 무지개가 싹 하고 지나가요. 그 무대에 서기까지 있었던 장면들도 필름처럼 흘러가죠."

빠르면 대여섯 살부터 하는 발레를 그는 스무 살에야 시작했다. 육체의 성장은 멈췄고, 마음의 성장은 미뤄둔 그였다. 중학교 2학년 때부터 고등학교 3학년까지, 그는 가출을 '밥 먹듯' 했다. 만화방 아르바이트, 공사판의 일용직 노동, 중국집 음식 배달, 해수욕장 호객 알바, 술집 웨이터…… 지금은 다 기억도 나지 않는 일터를 전전했다.

어떻게 해도 갈증은 채워지지 않았다. '어른들이 말하는 것처럼 열심히 공부해 좋은 대학 가는 것 말고 다른 길은 없는 건가?' 어느샌가 그는 자기 삶에 어떠한 기대도, 희망도 놓아버렸다. "그런데 인생이란 게 참 희한해요. 자포자기할 때 한편에선 새로운 희망도 꿈틀거리거든요. 탈출구도 함께 따라오는 거죠."

그때 그의 인생에 던져진 게 발레였다. 그 스스로 다시 태어난

해라고 부르는 1986년 찾아온 삶의 이유였다. 연습할 때가 아닌 잘 때도, 길을 걸을 때도, 밥을 먹을 때도 오로지 발레 생각뿐이었다.

발레의 대가들에게서 기술뿐 아니라 태도까지 집어삼켜 내 것으로 만들고 싶은 욕망으로 이글거리는 발레리노. 그리하여 계단을 오르는 발걸음까지 따라 한 그다. 37년간 매일 해온 연습인데 아직도 새로움을 발견하고 희열을 느낀다. 2년 전 발병한 식도암으로 장장 열 시간이나 걸린 수술을 마치고 입원했을 때도 설 수 있게 되자 '탄듀(tendu, 무릎을 편 채 한쪽 발을 밀어내는 동작)'부터 했다.

"발레를 하는 데 가장 중요한 건 뭔가요?"

"사랑. 사랑이죠."

한 남자의 38년에 걸친 지독한 사랑 이야기. 그 이야기는 비 내리는 난지도의 '쓰레기 산' 위에서 시작한다. 쓰레기 속에서 재활용이 가능한 폐지를 찾아 줍던 열아홉 살의 이원국 말이다. 쓰레기 산 위에서 본 석양과 함께 그가 보낸 오랜 방황의 해도 저물었다.

고작 이런 인생이 되려고 그랬나

난지도에서 폐지는 왜 주운 건가요?

(본가가 있던) 부산에서 술집 웨이터를 하다가 서울까지 가

서 이 일, 저 일을 하며 떠돌게 됐죠. 찾은 일자리가 화물
트럭 운전사 조수였어요. 폐지를 수집해서 공장에 나르는
트럭이었죠. 내가 해야 할 일은 폐지를 모으는 일이었어
요. 일주일에 서너 번은 폐지가 모자라 난지도에 가서 폐
지를 주워야 했죠. 중국집 배달 알바보다 두 배쯤 되는 돈
을 받았지만, 고되고 힘했어요.

학교에 다녔어야 할 나이인데 여러 일을 했네요.

만화방, 공사장, 술집, 해수욕장 호객 알바……. 별별 일을
다 했죠. 밥만 먹여주면 일했으니까. 중2 때 처음 가출해
서 친구 집에서 지내다 오고, 또 며칠씩 나갔다 오고 반복
하다가 고등학교 올라가선 아예 자퇴하고 밖에서 지냈죠.
술집 웨이터도 나이 속이고 들어가서 한 거예요.

왜 그렇게 지낸 건가요?

가끔 생각해보면 '내 인생이 이렇게 되려고 그랬나.' 싶
기도 해요. 시작은 중1 때 담임 교사에게 오해받고 공개
적으로 따귀를 여러 대 맞은 사건이었지만 (그 선생님을)
미워해본 적은 없어요. 억울했지.

담임 교사는 당시 여성 미술 교사에게 '저질 편지'를 보낸 범인
이 그라고 단정 짓고 그런 폭력을 행사한 거였다. 그는 이유도
모른 채 맞았고, 이유를 알고 나서는 더 어이가 없었다. 결백을

증명할 길도, 기회도 없었다.

그 사건이 발단이 돼 학교가 싫어졌나요?

그 사건에서 비롯된 억울함과 내 안의 갈증이 사춘기와 겹치면서 복합적으로 작용했던 것 같아요. 그 시절엔 그저 공부 잘해서 좋은 대학에 가는 길만 주어졌잖아요. 그렇잖아도 답답했는데, 그 사건으로 갑자기 주위에서 나를 달리 보기 시작하는 거예요. 이른바 '문제아'로. 그때는 '차라리 잘됐네.' 싶기도 했어요. 자포자기하는 심정이었으니까.

그렇게 떠돌기 시작해 난지도의 쓰레기 산 위까지 간 거군요.

그 일을 두 달간 했어요. 하루는 비가 내렸어요. 땀에다 빗물까지 뒤범벅이었죠. 어느새 비가 그치고 한강 쪽으로 해가 지더라고요. 석양이 그렇게 아름다울 수가 없었어요. 태어나서 처음으로 이런 자문을 했어요. '나는 왜 태어났을까?' 답은 모르겠지만 아무튼 나를 잃은 채 살면 안 되겠다는 생각이 들었어요. 그리고 또 하나, '내가 해야 할 일이 이건 아닌 것 같다.'

그는 일을 그만두고 선물을 사서 부산 집으로 내려갔다. 무뚝뚝하고 엄하기만 했던 아버지는 "잘 왔다."라며 눈시울을 붉혔다. 태어나서 그가 처음 본 아버지의 눈물이었다.

2nd Universe 끝장? 아니, 성장

발레는 어떻게 하게 된 건가요?

집으로 돌아간 뒤 여러 가지를 배웠어요. 붓글씨, 피아노, 보디빌딩, 수영. 다 작심삼일 수준이었는데 그나마 보디빌딩을 오래 했죠. 관장님이 재능이 있다면서 경기에 나가보라고도 했거든요. 당시 팔뚝 둘레가 43센티미터였죠. 하지만 역시 보디빌딩도 제 길은 아니었어요. 그러다어느 날 어머니가 '무용 한번 해볼래?'라고 하신 거예요.

어머니에게 뭐라고 했나요?

처음에는 길길이 뛰었죠. 남자가 무슨 무용을 하냐고. 그런데 두어 달 뒤에 또 말씀하시는 거예요. 이번엔 아예 '발레를 해보지 않겠느냐'고요. 어머니가 이렇게까지 권하는데 효도해야겠다는 생각이 들더라고요. 그간 속만 썩였으니까. 그래서 딱 세 달만 하자는 마음으로 발레학원에 갔죠.

부산의 정금화무용학원이었다. 학원 문을 열고 들어가니 연습실엔 온통 여학생뿐. 한창 보디빌딩을 하던 때라 근육질에 키 180센티미터의 남자가 들어서니 뛸 수밖에. 그렇게 발레를 배우기시작했다.

어땠나요?

처음엔 '나 죽었다고 생각하고 세 달만 버티자.' 싶었어요. 수업이 저녁 7시였는데, 무용학원으로 들어가는 걸 누가 볼까 봐 얼른 들어갔다가 수업 끝나자마자 바로 나왔죠. 세 달쯤 됐을 때 그만두려는데 선생님이 공연 무대에 서보라는 거예요. 〈바보 온달〉이라는 창작 발레 공연이 있는데 발레리노가 필요해 모으고 있다면서. 그만두겠다는 말은 하지도 못하고 선생님이 가보라는 곳으로 갔어요. 가니까 우리 학원에는 없던 남자 무용수들이 열댓 명쯤 있는 거예요. 턴이나 공중 2회전을 하는 무용수도 있고요. 거기서 신무섭을 만났죠. 나보다 세 살 어렸지만, 발레는 3개월 먼저 시작한 친구였어요.

신무섭 국립발레단 부예술감독은 그와 발레로 맺어진 형제 같은 사이다. 그는 신 부감독을 "섭아", 신 부감독은 그를 "형"이라고 부른다.

발레리노들을 보니 어땠나요?

그들이 하는 흥미로운 동작을 보니까 나도 하고 싶은 거예요. 그래서 제가 무섭이한테 그랬죠. '너 나 발레 좀 가르쳐줘. 나는 너한테 인생을 가르쳐줄게.' 하하.

발레가 좀 다르게 느껴지던가요?

무섭이를 만나고부터 달라졌죠. 무섭이네 집에 가면 그 시절 한국에선 구하기 힘든 외국 발레 비디오테이프(VHS

테이프)가 많았어요. 둘이 그걸 보면서 함께 동작 연구도 하고, 연습도 했죠. 그러면서 발레에 점점 흥미가 생긴 거예요. 평생 처음으로 성취감도 느끼고 칭찬도 받았죠. 몇 개월 만에 실력이 꽤 늘었어요.

그는 자퇴했던 부산 동명공고에 복학해 졸업장을 받고, 대학 발레 콩쿠르에도 나가 3등을 했다. 초등학교 때 성적이 올랐다고 받은 '진보상' 이래 처음 받은 상장이었다. 1986년 6월 발레를 시작했는데 이듬해 겨울 그는 KBS 콩쿠르에서 대상을 거머쥔다. 2년 뒤엔 중앙대에 입학했고, 대학 2학년 때 동아 콩쿠르에서 대상을 타면서 군 면제 혜택까지 받았다.

운도 따랐다. 1991년엔 부산 동래봉생병원 의료원장 출신으로 국회의장을 지낸 정의화 전 의원의 도움을 받아 뉴욕 유학길에도 올랐다. 정 전 의장은 "그의 잠재력을 인정했기에 당시로선 부산에서 처음으로 '후원 디너파티'를 열어 유학비를 마련했다."라며 "봉생문화재단 최초의 예술인 유학 지원 사례"라고 설명했다.

엄청난 성장이네요.

그러고 나니 '발레가 내 길인가 보다.' 싶더라고요. 발레에 물이 오른 거죠.

늦게 시작해서 더 힘들었을 것 같은데요.

예를 들면 스트레칭이 잘 안 돼서 울면서 했죠. 집에 가면 다리를 쫙 벌리고선 남동생더러 왼쪽 다리, 누나한텐 오른쪽을 밟고 있으라고 해요. 어머니는 내 팔을 잡고요. 20, 30분쯤 지나면 너무 아파서 눈물이 나요. 내가 울면 그걸 보고 동생, 누나, 어머니까지 온 식구가 울면서 잡고 있는 거예요. 하하.

그러면서도 견뎠군요.

스트레칭이 돼야 내가 원하는 우아한 라인을 만들 수 있으니 버티는 거죠. 몸이 유연해진다고 해서 하루에 두 번씩 사과식초도 마셨어요. 그런가 하면 양발에 2킬로그램짜리 모래주머니를 차고 자기도 했죠. 자면서 무의식 중에도 내 근육이 반응하도록 훈련하려고요. 여름에는 모래주머니 찬 곳에 진물이 차올라 터지고 난리도 아니었죠. 그래도 행복했어요. 무섭이랑 외국의 발레 비디오를 늘어질 때까지 돌려보면서 연구하고 연습실에서 하고, 방 안에서 해보고, 길거리에서 해보면서 하루 종일 발레만 생각했죠. 발레가 일상이었어요.

그 정도면 발레에 미친 수준이네요.

미친 거죠. 하하. 영화 〈백야〉에서 발레리노 미하일 바리시니코프가 열한 바퀴를 턴하는 걸 보고 무섭이와 그걸 해보려고 돌고 또 돌고 하기도 했죠. 하도 연습하니까 열여섯 바퀴를 돌 수 있게 되더라고요. 우리의 최고 기록이었어요. 비공식 타이기록. 우리는 그걸 평생 자랑거리로 삼았죠. 그런 시절이었어요.

신무섭 부감독은 "나도 피아노를 하다 전공을 바꿔 열일곱 살에 발레를 시작했는데 나보다 더 늦은 스무 살에 시작한 (이원국) 형을 보면서 위안이 되기도 했다."라며 그 시절을 떠올렸다. "발레리노 중에선 그보다 더 늦게 시작하는 사람도 더러 있다. 그러나 99.9퍼센트는 한계를 느껴 도중에 그만둔다."라는 설명과 함께 말이다.

그러니 발레리노 이원국은 그 극한 가능성을 뚫고 여기까지 온 무용수인 것이다. 그 비결은 노력. 남들을 뛰어넘는 노력이다. 신 부감독은 "이원국이란 사람은 발레밖에 모르는 사람이다. 정상에 오르면 어느 정도 긴장을 풀어도 되는데 그런 법을 모른다. 그에겐 계속 목마름이 있을 뿐"이라고 말했다.

샤워실에서 벽을 치며 울던 발레리노

그 시절 발레는 자신에게 무엇이었나요?

나의 모든 것. 그저 내가 발레를 하고 있다는 것 자체가 행복했어요. 자신감도 생겼고요. 연습에서 비롯된 거죠. 연습을 많이 하면 된다는 말을 믿었어요. 당시엔 우리나라 발레 무대를 통틀어 나 정도면 그래도 수준이 높구나 싶기도 했고요. 그런데 러시아 발레를 보고는 내가 형편 없다는 걸 알았죠.

언제 처음 느꼈나요?

일본에서 유학하고 돌아온 선배가 가져온 러시아 발레 영상 테이프를 보고서요. 당시 국내엔 미국이나 유럽 발레 정도만 겨우 알려졌고, 러시아 정보는 거의 없었거든 요. 러시아 발레 하면 바리시니코프 한 사람만 생각했죠. 그런데 그 테이프를 보니 그런 사람이 러시아엔 수백 명 이 있더라고요. 충격을 받았죠. 그들의 발레를 따라 하고 싶어서 잠이 안 왔어요. 그들의 발레엔 테크닉을 넘어선 무언가가 있었어요. '이게 바로 예술이란 건가.' 싶었죠. 그 영상을 분석하고, 따라 하기 시작했어요.

러시아 발레를 보고 엄청난 자극을 받은 거네요.

신세계였죠. 너무나 러시아로 가고 싶었어요, 너무나. 할 수만 있다면 악마한테 영혼을 팔아서라도 다시 태어나 아홉 살부터 발레학교에 들어가고 싶은 거예요. 루이 14 세가 만든 파리 발레학교, 러시아 바가노바 혹은 볼쇼이 발레학교. 난 그런 발레학교를 다니지 못했으니까요. 그 절실함은 눈물로도 다 표현하지 못해요. 러시아의 어떤 발레리노는 '를르베(Releve, 발뒤꿈치를 드는 동작)'를 하루

에 1,000개를 했다는 얘기를 듣고는 나도 따라 했죠. 그러
고 나면 며칠 제대로 걷지도 못했어요.

그는 인터뷰에서 수많은 발레의 스승을 언급했다. 꼭 수업을 받
아야 스승은 아니었다. 발레의 대가가 걸어가는 뒷모습, 계단을
오르는 모양새, 그의 유머러스한 태도……. 그 모든 게 그에게는
발레였다.

　태도의 응축과 기술이 어우러져 발레라는 예술의 경지에 다
다르는 것이라고 믿었다. 발레학교에 다니지 못했으니 스스로
그렇게 교본을 만들어 연마한 것이다. "20년 전 선생님이 말한
근육의 움직임을 요즘 연습하며 깨닫기도 해요. 그런가 하면 선
생님이 지나가면서 '이렇게'라며 한 번 해준 동작, 그 동작의 의
미가 뭘까 십수 년을 생각하기도 했어요. 그러다 어느 순간 '아,
그 의미가 이거였구나.' 깨닫기도 하죠. 그 스승들의 가르침을
꿈에도 잊어버리지 않으려고 노력했어요." 발레학교에 다니지
못한 갈증을 그는 스스로 그렇게 그만의 발레학교를 만들어 해
소했다.

무대에서 실수한 적도 있나요?

　있죠. 한참 잘난 척할 때죠. (웃음) 1992년 임성남 선생님
(전 국립발레단장) 30주년 기념 공연 무대였어요. 작품이
〈돈키호테〉였어요. 그렇잖아도 최고의 테크닉만 요하는
작품인데, 제가 더 어렵게 구성했죠. 러시아 무용수를 흉

내 내서 짠 거예요. 공연을 사흘에 걸쳐서 하는데 첫째 날
아주 잘했어요. 기고만장했죠. 공연을 하루 하면 리허설
을 두 번 하거든요. 그런데 둘째 날은 공연이 두 번 있었
어요. 리허설을 두 번 하고 오후 3시 공연을 한 뒤, 저녁
공연을 하려는데 힘이 빠진 거죠.

넘어졌나요?

바닥에 손만 안 짚었지 차라리 넘어지는 게 나을 법한 수
준이었죠. 솔로를 할 때도 털털거리고, 턴할 때도 흔들,
공중 2회전이 잘 안 돼 넘어질 뻔하고요. 메인 공연이라
우리나라 무용계의 주요 인사는 다 왔는데 말이죠. 쥐구
멍이라도 찾아 숨고 싶었어요. 공연 마치고 샤워실에서
벽을 치면서 울었죠.

그때 느낀 게 뭔가요?

까불지 말자. 힘 안배를 제대로 하지 못한 거잖아요. 그리
고 더 열심히 하자.

'이쇼라스(Ещёраз)'는 그가 2014년에 낸 에세이집 제목이다. 러
시아어로 '다시 한번'이라는 뜻. 그의 발레 정신을 뜻하는 말이
기도 하다.

발레를 하면서 그간 '이쇼라스'를 얼마나 많이 외쳤을까요?

입에 달고 살았죠. '이쇼라스'를 알게 된 건 1993년 유니
버설발레단에 있을 때 러시아 키로프(현 마린스키)발레단
최고의 코치인 갈리나 케키쉐바 선생님이 오셨을 때죠.
문훈숙 유니버설발레단 단장이 전 세계의 내로라하는 선
생은 다 데려왔거든요. 케키쉐바 선생님한테 트레이닝을
받을 때 선생님이 늘 '이쇼라스', '이쇼라스' 했거든요. 왜
다시 해야 하는지 설명도 안 해요.

하다 보면 이유를 알게 되나요?

수없이 반복해서 하다 보면 깨닫게 돼요. '이쇼라스'를
거듭하다가 잘했을 때는 '하라쇼(Хорошо, 좋아)'라고 하시
거든요. '이쇼라스'를 끊임없이 받아들이고 이겨내다 보
면 되는 거예요. 물론 그걸 이겨내지 못하거나 짜증 내는
사람도 있었죠. 나한텐 그런데 그 말이 곧 신이 하는 말씀
이나 같았어요. 지금도 제자들을 가르칠 때 가장 많이 하
는 말이 '이쇼라스'예요.

그는 1995년 6월 5일 그토록 동경하던 러시아 키로프발레단의
무대에 초대 수석 무용수로 서게 된다. 동양인 최초였다. 발레를
시작한 지 10년 만에 발레의 중심이자 최고의 무대에서 비상한
것이다.

마린스키극장 무대는 어땠나요?

어메이징(Amazing)! 말로 표현할 수 없을 정도의 황홀함
과 흥분, 두려움이 일었어요. 러시아 발레 무대는 객석 쪽
으로 약간 기울어 있어요. 동전을 굴리면 굴러갈 정도로.
그때 처음 알았어요. 그 점이 무척 흥미로웠죠. 새로운 도
전이니까요. 그럼 점프도 달리 해야 해요. 러시아 무대를
준비하면서 언덕길을 뛰어오르고 뛰어 내려오면서 점프
연습을 했어요. '핵폭탄'이라고 불린 나만의 점프 기술도
처음 선보였죠. 정통 공중회전에 몸을 비트는 테크닉을
더한 새로운 기술이에요. 키로프 단원들의 반응은 반으로
나뉘었어요. 최고라는 반응과 '이건 발레가 아니다.'라는
반응으로.

관객은 어땠을까. 환호성과 함께 박수가 터져 나왔다. 그날 공연
에서 그는 일곱 번의 커튼콜을 받았다.

그만할 때가 되지 않았나?

발레가 주는 행복도 연차에 따라 변화했을 것 같아요.

'발레가 행복만 주는 건 아니구나, 행복이 아닌 다른 감정
으로도 나를 깨닫게 하는구나, 이게 예술이구나.' 이런 걸
깨달았어요. 발레는 엄청난 고통도 줬으니까요. 내가 감
당하기 힘든 고통.

그게 언제였나요?

국립발레단의 현역 무용수 자리에서 내려와야 할 때였죠. 나는 퇴임할 준비가 안 됐는데, 내 몸은 아직 건강한데, 주위의 반응은 그렇지 않았죠. '그만할 때가 되지 않았느냐'고 말하는 듯한 분위기를 감지했어요. (국립발레단에서) 처음에는 선배들하고 경쟁해 뭣 모르고 치고 올라가 주인공을 차지하고, 그다음은 동료들하고 경쟁해 주역을 따야 했죠. 그다음은 후배들, 그다음은 제자들과의 경쟁이었어요. 그게 발레가 주는 고통이었죠.

어느 정도로 힘들었나요?

뭐가 정답인지 몰라 방황했어요. 발레를 하는 동안 술을 거의 마시지 않았는데, 술을 입에 대기도 하고 무슨 일이 있어도 연습으로 하루를 시작했는데 빠지기도 하고요. 내가 쌓아온 모든 것이 무너지기 시작하더라고요. 내가 생각하는 예술은 아직 완성되지 않았는데, 여기서 그만둬야 하나. 제자들과 캐스팅 싸움을 하는 것도 괴로웠고요. 나를 발레리노가 아니라 '나이 든 발레리노'로 보는 시선을 견디기 힘들었죠. 내 결론은 '국립발레단을 그만두더라도 발레는 그만두지 않겠다.'였어요.

그는 2004년 국립발레단을 떠나 그해 12월 이름을 걸고 '이원국 발레단'을 만들었다. 전혀 다른 무대가 그를 기다리고 있었다.

많은 게 달라졌을 텐데요.

당시엔 개인 발레단이 드물었어요. 그러니 만들 때도 정보가 거의 없이 그냥 만들기만 했죠. 저는 그저 발레단을 만들어서 공연을 하면 되는 줄 알았어요. 그런데 공연을 한 번 하려면 대관, 조명, 음향, 분장, 의상, 홍보까지 내가 다 해야 했던 거죠. 대관까지는 겨우 했는데, 표가 안 팔리는 거예요. 하하. 홍보하는 방법을 몰랐으니까.

창단 공연은 그래서 잘했나요?

저는 그 전까지 제 팬들이 많은 줄 알았어요. 그런데 아니더라고요. '국립발레단 이원국'의 팬이었지 '발레리노 이원국'의 팬이 아니었던 거예요. 저는 제가 발레단을 만들어서 창단 공연을 하면 다들 찾아서 표를 사가지고 올 줄 기대했던 거죠. 하하. 서울 양재동 교육문화회관을 빌려서 공연했는데 관객이 몇십 명 정도 온 것 같아요. 관객이라기보다는 주위에 아는 사람들이었죠. 어마어마한 충격이었어요.

그 이후엔 정부나 민간의 지원 제도를 찾아 도움을 받기도 했다. 그것도 쉬운 일은 아니었다. 무용수들에게 줄 개런티를 너무 많이 책정해 오히려 '마이너스 공연'을 한 적도 많았다. 2008년 '월요 발레 이야기(이하 '월요 발레')'를 시작하면서 제 길을 찾아 들었다. 이원국발레단 창단 4년 만이었다.

소극장에서 '월요 발레'를 한 계기가 있나요?

아는 기획자와 얘기하다 나온 아이디어였어요. 월요일은 대개 뮤지컬이나 연극 공연이 없잖아요. 쉬는 날 무대를 빌리면 대관료가 싸니까 그날 발레 공연을 해보자는 거였죠. 첫 '월요 발레'를 연 곳이 대학로의 창조소극장이었어요. 창조소극장에서 뮤지컬 〈넌센스〉 공연을 할 때였죠. 〈넌센스〉 무대장치를 그대로 두고 발레 공연을 했어요.

어땠나요?

기뻤죠. '캬! 결국 하는구나.' 싶었어요. 단원들에게는 미안하기도 했어요. 살롱 발레처럼 우아한 극장이 아닌 소극장 무대에 세우는 게. 비라도 오는 날이면 의상에다 우산까지 들고 지하철을 타고 다녔고요. 그때 제 소원이 멋진 버스를 하나 사서 공연 다니는 거였어요. 지금도 그 생각을 하면 단원들 때문에 눈물이 날 것 같아요.

소극장 무대의 매력은 뭔가요?

넋을 잃고 공연에 몰입하는 관객을 볼 때죠. 기립 박수가 나오지 않는 날이 없었어요. 10분 동안 박수가 터져 나오곤 했죠. 열한 번이나 보러 온 관객도 있었어요. 열한 번째 온 날 저한테 조용히 말씀하시더라고요.

가장 적게는 몇 명까지 앞에 두고 공연했나요?

두 명. 성균소극장에서 공연할 때였어요. 태풍 예보가 뜨고 이미 비가 내릴 때였죠. 단원들은 '오늘은 공연 안 했으면' 하더라고요. 공연 표는 예매와 현장 구매로 나뉘었는데, 예매 표가 없는 건 미리 확인했죠. 하지만 현장 구매가 있을 수 있잖아요. 일단 단원들을 데리고 공연장에 갔어요. 공연 시간이 다 돼갈 무렵 뚜벅뚜벅 계단 내려오는 소리가 나더라고요. 그러더니 또 한 분이 들어와요. 물어보니 한 분은 (경기 고양시) 일산, 다른 한 분은 (경기 성남시) 분당에서 왔대요. 이 비를 뚫고. 공연을 어떻게 안 하나요.

그날 공연은 어땠나요?

주요 발레 작품의 핵심 대목을 뽑아서 공연했어요. 혼신의 힘을 다해서 했죠. 기립 박수를 받았어요. 기쁘고 행복했죠. '이게 나구나. 나라는 사람은 이런 사람이구나.' 싶었어요. 두 명의 관객 앞에서도 춤을 출 수 있는 사람. 또 다른 나를 발견한 날이었죠.

그 유명한 러시아의 마린스키발레단과 루마니아 국립발레단 무대에도, 관객 두 명이 있는 소극장 무대에도 서본 발레리노가 또 있을까.

발레로 또 다른 행복을 느꼈겠네요.

저는 요즘 혼자 연습하면서도 감사하고 기뻐요. '이걸 제 자들에게 어떻게 알려주지.' 싶죠. 하긴 누가 알려준다고 되는 게 아니에요. 스스로 깨달아야지. 발레가 주는 행복이 단순하지 않아요. 오묘하고 섬뜩한 기분이 드는 행복, 오싹할 정도로 차가운 행복, 뜨거운 행복, 따갑고 끔찍한 행복도 있죠. 이걸 어떻게 말로 표현할까요.

깨달음은 젊음을 능가한다

2년 전 예상치 못한 질병이 찾아왔죠.
식도암이라는 검진 결과를 들었을 때 어땠나요?

정기 건강검진을 하다가 큰 병원에 가보라기에 심각하게 생각하지 않고 갔어요. 그런데 식도암이라고 하더라고요. 다행히 전이가 안 됐지만, 식도는 자르지 않으면 안 된다고요. 식도를 다 잘라내고 위를 끌어올려 붙인 상태예요. 열 시간 동안 수술을 받았죠. 식도 끝에 있는 괄약근이 없으니, 음식을 많이 먹으면 그대로 올라와요. 잠을 잘 때도 비스듬히 몸을 세워서 자야 하죠. 그래서 등도 굽고 목덜미의 뼈도 튀어나왔어요. 그래도 내가 발레를 한 사람이라 (자세가 바르니) 극복하는 건지도 모르겠어요.

그는 2023년부터 다시 무대에 서고 있다. 4월 광명문화재단이

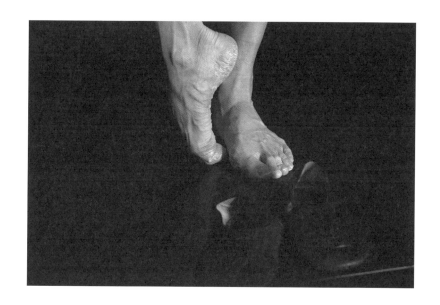

주최한 전 국립발레단장 '최태지와 함께하는 발레 스타워즈',
8월엔 용인문화재단의 '힐링 발레 콘서트'에서 〈해적〉 3인무 무
대에 섰다. '발레 스타워즈' 공연 때는 아내인 발레리나 이영진
씨와 아홉 살짜리 아들까지 온 가족이 처음으로 무대에 서서 탭
댄스 공연을 하기도 했다.

수술 후 다시 선 무대는 어떻던가요?

감회가 새로웠어요. '할 수 있구나. 드디어 하는구나.' 싶
어서. 나를 기억해주는 오랜 팬도 만났고요. 최태지 단장
의 공연에서 얻은 아이디어인데 만 60세가 되면 '환갑 공

연'을 해야겠다는 생각이 들었죠.

발레에서 가장 중요한 건 뭐라고 생각하나요?

사랑이죠, 사랑. 발레는 사랑을 표현하는 예술이에요. 관객을 사랑하는 만큼 자기도 사랑해야 하고요.

나이 들어서 하는 발레는 뭐가 다른가요?

젊은 무용수는 배운 대로 해요. 나이 든 무용수는 느낀 대로 하죠. 배운 걸 토대로 깨달음을 얻어서 하는 거예요. 나이가 들면 깨달을 수는 있지만 젊음은 없죠. 그래서 서러워요. 하지만 그 깨달음이 젊음을 능가할 때가 있어요. 저는 그걸 보이고 싶어요.

인생에서 겪은 실패의 경험으로 볼 때 실패란 뭔가요?

'실패 역시 삶의 필요한 순간이다.' 실패를 줄여갈 수는 있지만 실패가 없을 수는 없어요. 그러니 실패야말로 모든 것의 근원일 수 있죠.

그걸 통해 얻은 '삶의 도'가 있다면요?

'이쇼라스!' 포기하지 말자는 거죠.

38년 전 난지도의 쓰레기 산 위에서 했던
'나는 왜 태어났을까?'라는 질문에 답은 찾았나요?

발레를 하기 위해서 태어났죠. 내가 할 수 있는 건 발레뿐
이에요. 그 답을 써가면서 지금까지 온 거예요.

모든 것이 쌓여
나를 만들었다

크리에이터   임라라

'실패하면 죽어야지.'

살다 보면 이런 생각이 드는 때가 있다. 결기 정도가 아니라, 정말로 '실패하면 끝이다.'라며 성공에 내 목숨을 거는 때 말이다. 임라라에게도 그런 시절이 있었다. 없는 살림에 목표하던 대학에 가려고 아르바이트를 하며 재수하던 때. 독서실에서 공부하다가 옥상에 올라가 아래를 쳐다보며 그렇게 되뇌곤 했던 것이다. '대학에 못 가면 죽어야지. 이렇게 목숨 걸고 했는데도 떨어지면 죽어야지.' 그로부터 14년 뒤에 그는 'Everything counts(모든 것은 쌓인다).'라고 믿게 됐다. 실패도, 고난도, 눈물도 다 축적돼 나라는 사람을, 인생을 만든다는 걸. 코미디언으로 시작해 크리에이터로 이름을 날린 임라라. 그와의 인터뷰는 마치 친한 동생을 만나 살아온 얘기를 나누는 느낌이었다. 마주 앉자, 그는 내게 물었다. "만나면 묻고 싶은 게 있었어요. 왜 '좋은 기사는 세상을 바꾼다.'라고 믿었다가 그것에 실패했다고 생각하게 되셨어요?" 자신을 인터뷰할 사람이 어떤 기자인지 미리 찾아보고 생각해본 성실함. 자신 역시 "콘텐츠로 좋은 세상을 만들고 싶어" 크리에이터를 하고 있기에 궁금한 거였다. 나와 지향이 같다는 공통점을 느꼈다. 인터뷰가 끝날 즈음엔 '아, 이 사람 더 잘됐으면 좋겠다.'라는 마음이 들었다. 그의 원래 이름은 '지현'이다. '라라'는 그가 지어 개명한 이름이다. 쌓을 라(贏)에 열매 라(蓏)를 써서. 그 뜻대로 라라 씨는 실패도 인생의 열매로 만들 줄 아는 사람이었다.

우리가 아는 임라라(34). 구독자 수 240만 명의 유튜브 채널 '엔조이커플'의 계정 주. 휴대폰 하나 들고 '0원'으로 시작해, 현재는 열두 명이 함께하는 크리에이터로 성장. 방송사의 '개그 무대'가 잇따라 없어지자, 스스로 판을 벌여 동료들을 끌어모아 〈스트릿 개그우먼 파이터〉 시즌 1, 2를 연달아 성공시킨 기획자. 2018년엔 콘텐츠 제작 회사 '더새비'를 만든 사업가. 9년간 교제한 남자 친구(손민수)와 결혼도, 사업도 성공해 부러움을 사는 여성. 2023년 5월 올린 결혼식엔 '평생 최애' 엑소(EXO)의 수호가 축가를 불러준 '성덕(성공한 덕후)'.

우리가 모르는 임지현. "가난에서 벗어나는 게 목표"였던 소녀. 중학생 때부터 스스로 돈을 번 생활인. 전단지 돌리기, 신문 배달, 패스트푸드점 점원까지, 해본 아르바이트를 세기가 어려울 정도. 학원 강사 조교, PC방 알바, 독서실 총무를 하며 "목숨 걸고" 재수해 이화여대에 합격한 독종. 세 번 떨어진 끝에 SBS 개그맨 공채에 붙었지만 무대 위에서 느낀 건 열패감뿐. 그 시절 그의 머릿속을 지배한 생각. "무대는 성실함보다 재능이 더 빛을 발하는 곳", "나는 얼굴마저 애매하네". 급기야 무대(〈웃찾사〉)마저 폐지돼 일찍이 '청년 백수'에 돌입.

그 모든 실패가 쌓여 만들어진 현재가 임라라다. 그는 그 실패마저 성실하게 했다. '뭐라도 해보자. 그럼 미래가 달라지지 않을까.' 하는 생각에 이름도 바꿨다. 부모의 경제적 실패, 목표의 실패, 재능의 실패를 자양분 삼아 맺은 결실이 지금의 '라라랜드'다. 모두 엔조이 더 라라랜드, 웰컴 투 더 라라랜드!

출구로 여긴 마지막 희망마저 잃다

원래 개그맨이 꿈이었나요?

방송하고 싶어 하긴 했나 봐요. 중학교 때 방송반에 들어
갔거든요. 그러다가 고등학교 때 교사가 돼야겠다고 생각
했죠. 형편이 어려워지면서 제 나름으로는 현실과 타협한
거였어요. 어른들이 말하길 방송 쪽 일은 소위 '빽'이나
집안의 지원이 없으면 어렵다고들 하셨죠.

그의 아버지는 여행사를 했다. "원래도 잘사는 건 아니었지만",
IMF 구제금융 위기가 닥치면서 가세가 급격히 기울었다. 큰 빚
이 생겼고 살림살이엔 압류 딱지가 붙었다. 그는 "친구들이 집에
오는 게 창피해 데려오지 않았고, 친구 집에 가면 비교가 돼 속
상할 것 같아 놀러 가지도 않았다."라는 말로 어려웠던 가정 형
편을 표현했다.

현실의 문제를 어린 나이에 알게 됐다는 거네요.

그래서 그때 제 목표는 오로지 '이 가난에서 벗어나자.'
였어요. 가장 빠른 길이 명문대에 가서 빨리 직업을 갖는
거라고 생각했죠. 엄마도 내내 '투잡', '쓰리잡'을 했고,
저도 중학교 3학년 때부터 고등학교 2학년 때까지 알바
를 하면서 학교에 다녔죠. 그런데 알바를 병행하면서 전
교 1, 2등을 하기는 정말 어렵더라고요. 그런데 제가 운동

을 잘했거든요. 그럼 체육학과에 진학해서 체육 교사가 되자 싶었죠.

인생은 늘 예측 불허다. 수능도 마찬가지. 하필 시험 날 몸이 안 좋았다. 수능을 망쳤다.

너무 실망했겠어요.

그때가 제 인생에서 처음 맛본 큰 실패였어요. 가난은 제가 어떻게 할 수 없는 문제지만, 공부는 내 노력으로 좌지우지할 수 있는 영역이라고 생각했거든요. 그런데 실패한 거죠. '일도 하고 공부도 하면서 좋은 대학에 가겠다는 건 과욕이었구나.' 싶더라고요.

그래서 어떻게 했어요?

예상에 없던 대학에 두 달쯤 다니다가 자퇴했어요. 내 인생에 마지막 기회라고 생각하고 재수를 결심했죠. 학원비는 강사 조교를 하면서, 독서실 등록비는 총무를 하면서 해결했어요. 밤에는 PC방 알바를 하면서 공부했고요. 독서실이 4층이었는데 옥상에 올라가서 내려다보면서 매일 생각했죠. '실패하면 죽어야지.' 지금도 담배 냄새에 매우 민감한데, 그때 PC방 알바를 하면서 평생 맡을 담배 연기를 다 맡아서 그래요. 하하.

그렇게 죽기 살기로 공부해 그는 이화여대 체육학과에 09학번
으로 합격했다. 다니면서도 언론정보학과를 복수 전공했다.

대학 생활은 어땠나요?

인생에서 제일 행복한 순간이 대학 합격을 확인한 날이
었어요. 그런데 그 목표를 이뤘는데도 현실은 달라지지
않더라고요. 그 전까지는 알바로 감당이 되는 수준이었는
데, 대학 학비는 그렇지 않았어요. 학자금 대출로 학기마
다 500만 원씩 빚이 쌓였죠. 한 잔에 4,000~5,000원씩 하
는 스타벅스 커피를 사 먹는 게 친구들한텐 당연했지만,
저는 아니었죠. 상대적 박탈감을 크게 느꼈어요.

나도 저기에 있어야 하는데

그때도 알바를 많이 했다고요?

스트레칭 강사, 수영장 라이프가드 같은 알바를 했죠. 호
텔 수영장 라이프가드가 시급이 높았거든요. 호텔 수영장
은 실내 온도를 높게 유지해야 해요. 그래서 보통 몇 시간
씩은 안 하려고들 하는데 저는 참을성이 많아서 여러 시
간씩 했어요. 장학금도 받아야 하니까 밤을 새워 공부했
죠. 한번은 하루에 두 시간씩 자면서 일도 하고 공부도 하
다가 수영장에서 쓰러진 거예요.

그래서 어떻게 됐나요?

병원에서 눈을 떴는데, 말이 안 나오는 거예요. 의식은 있는데 몸이 움직이질 않았죠. 태어나서 처음으로 그런 생각을 했어요. '한 번만 살려주세요.' 그다음 눈을 떴는데 다행히 살아났어요. 목숨을 다시 주셨구나 싶었죠. 제2의 생이 선물처럼 온 거라고 느껴지더라고요. 그 경험 덕분에 지금의 저도 있다고 생각해요. 그 일로 하고 싶은 걸 하면서 살아야겠다고 결심했거든요.

캐나다로 떠난 게 그 경험 때문인가요?

맞아요. 태어나서 처음으로 비행기를 탔죠. 돈 300만 원을 들고 갔어요. 캐나다 사람들의 행복지수가 높다는 기사를 봤거든요. 처음으로 먹고 싶은 대로 먹고, 놀고 싶은 대로 놀면서 지냈어요. 8개월간 살았는데 그때 살이 35킬로그램이나 불었죠. 함께 살았던 언니가 저를 데리고 다니면서 먹을 걸 많이 사줬어요. 저는 언니를 재미있게 해주고. 하하.

그런데 돌아와서 개그맨 시험은 왜 봤어요?

캐나다에서 꿈을 꿨어요. 꿈속에서 제가 TV 개그 프로그램을 보면서 '나도 저기에 있어야 하는데' 하면서 막 우는 거예요. 그런 꿈을 자주 꿨어요. 그때 생각했죠. '내가 하고 싶은 일이 저거구나. 그렇다면 도전이라도 해보자.'

그는 한국에 돌아와서 2년 안에 합격을 목표로 준비했다. 보통 5년은 걸린다는데, 그는 또 한 번 성실한 자신을 믿어보기로 한 거다. 끝내 안 될 걸 대비해 교직 과정도 이수했다. 과외를 하면서 학원을 다녔다. 그때도 하루에 네 시간씩 자면서 준비했다.

2015년 SBS 15기 개그맨 공채 경쟁률이 43대 1이었다고 하던데요. 몇 번 만에 합격했나요?

KBS, tvN 〈코미디빅리그〉 등을 세 번 떨어지고 난 뒤에 됐어요. '마지막 시험'이라고 생각하고 본 거였죠. 그런데 된 거예요.

NG, NG… 무대가 공포스러웠다

개그맨 생활은 어땠나요?

정말 재미있었어요. 개그맨은 웃기는 게 일이니까, 서로 웃기려고 경쟁하고, 리액션이 좋으면 그걸로 또 웃고. 돈만 잘 번다면 참 행복한 일이 개그맨이에요.

개그 무대에도 처음 서봤을 텐데, 어땠나요?

저는 (개그) 극단 출신이 아니라 무대 경험이 없이 개그맨이 된 경우였어요. 그러니 서툴렀죠. 한번은 무대에서 연속 2주간 NG를 냈어요. 코미디에서 NG는 해선 안 되는 실수거든요. 관객이 앞에 있으니까요. 몰입이 돼야 공감하고 웃음이 터져 나오는데 NG를 내면 관객이 몰입할 수가 없어요. '아, 맞아. 저거 다 가짜였지.' 하는 거예요. 그러니까 한번 NG가 나면 그 뒤부턴 관객이 웃지를 않아요. 그런데 제가 NG를 낸 거예요.

어떤 NG였나요?

〈불편한 복남씨〉라는 코너에서 저는 웃기는 역할도 아니고 정극 연기만 하면 되는 간호사 역할이었어요. 그런데 제가 대사를 잊어버린 거예요. 감독님이 옆에서 알려주는데도 생각이 안 나더라고요. 그날 방송을 아예 망친 거나 마찬가지니까 동기부터 선배들한테까지 일일이 다 사과했죠. 감독님, 관객들에게는 당연하고요. 그런데 그다음 주에 또 NG를 낸 거예요. 그때부터 '이제 틀리면 나는 죽는다.'라는 생각에 사로잡히게 됐죠. 무대에 서면 관객 얼굴은 하나도 보이지 않았어요. 공황장애 증세까지 생겼죠. 제게 무대는 공포스러운 곳이지 재미있는 곳이 아니었어요.

그나마 〈웃찾사〉도 폐지됐죠.

그러니까 저는 무대에서 채 즐겨보질 못했어요. 방송 시간대가 비인기 시간대로 옮겨가더니 2017년 5월에 아예 방송이 없어졌죠. 정말 충격이었어요.

무대가 자신한텐 어떤 의미인가요?

이런 걸 느꼈죠. '최선을 다한다고 최고의 퀄리티가 나
오진 않는구나. 노력이 전부인 곳은 아니구나. 이곳은 재
능이 필요한 곳이구나.' 저는 벽 보고 하루 열두 시간을
외워도 틀리는데, '뭐 저렇게까지 외우지.'라고 하거나,
밤새 술 마시고도 재능이 있다면 펄펄 나는 곳이 무대였
어요.

무대에서 확인한 건 결국 '나는 재능이 없다.'라는 거였나요?

명확하게 재능이 없었죠. 지금도 저는 '개그우먼 임라라'
라고 불리면 부담스러워요. 하지만 크리에이터는 천재성
보다 성실함이 중요한 일이더라고요.

그럼 지금 자신의 이름 앞에 수식어를 붙인다면?

크리에이터죠.

그 시절 이미 사귀기 시작한 남편 손민수 씨의 사정도 비슷했다.
방송에서 고백한 적이 있듯이 그 역시 공황장애로 무척 힘든 시
기를 보냈다. 〈코미디빅리그〉 출신인 손 씨는 무대가 있어도 그
때문에 서지 못했다. 라라 씨는 "그 시절 나는 무대가 없어져버
리고, 남친은 무대가 있어도 오르지 못했다."라고 돌이켰다. 두
사람 모두 무대에선 실패자였던 것이다. 두 사람에게 공통점은
또 있었다. 라라 씨가 말했다. "우리는 노력은 정말 잘했어요."

유튜브는 〈웃찾사〉가 없어지고 나서 시작한 건가요?

2017년 3월부터 시작했어요. 〈웃찾사〉가 폐지되기 2개월 전쯤이죠.

어떻게 유튜브를 할 생각을 했어요?

개그맨이 됐지만 저도, 남친도 무명이었잖아요. '인생이 정말 쉽지 않네. 내 인생은 왜 이러지? 되는 일이 하나도 없다.' 이런 생각만 할 때였죠. 어쩌면 저도, 남친도 방송 무대 체질은 아닐 수도 있겠다 싶더라고요. 그때 머릿속에 유튜브가 스쳤어요. 캐나다에 갔을 때 생각이 나더라고요. 그때 캐나다 친구들은 이미 유튜브로 검색했거든요. 우리도 영상으로 검색하는 세상이 올 수 있겠다는 생각이 들었죠.

유튜브를 시작하려고 해도 공부가 필요하잖아요.

돈이 없을 때라 주로 교보문고에서 데이트했거든요. 그 위에 있는 영화관 카페에 앉아서 개그 아이디어를 짜고요. 교보문고는 책을 읽을 수 있어서, 영화관 카페는 영화는 못 보지만 영화를 보고 나오는 사람들의 얘기를 들을 수 있어서 자주 갔어요. 트렌드를 파악할 수 있잖아요. 그런데 유튜브 관련 책들이 점점 늘어나더라고요. 제가 그 책들을 보면서 '나중엔 유튜브가 잘될 것 같아.'라고 하니까, 민수가 '우리도 하면 안 돼?' 하더라고요.

말하자면 '커플 유튜브'였다. 그때는 커플이 출연하는 유튜브 방송이 별로 없었다. 라라 씨는 처음엔 반대했다. 그러다 시나브로 설득됐다. 남자 친구는 인생의 바닥을 치고 있었고, 자신 역시 나을 게 없었다. 〈웃찾사〉는 이미 시청률이 1~2퍼센트대로 떨어져 언제 폐지돼도 이상하지 않은 처지였다. 두 사람은 스스로를 구제하는 심정으로 유튜브를 시작했다.

"동료 얼굴에 먹칠하는 X"

어디에서, 뭘로 찍었어요?

민수가 살던 방 벽에 시트지를 바르고 그 앞에서 휴대폰으로 찍었어요. 편집도 독학해서 했고요. 아이템은 많았죠. 둘 다 그간 '까였던' 아이디어가 많이 쌓여있으니까. 덜 자고, 덜 먹고, 더 찍었어요. 창피해도 열심히 찍어서 올렸죠.

아직 〈웃찾사〉를 할 때였는데 동료들 반응은 어땠나요?

처음에 진짜 욕을 많이 먹었어요.

왜요?

개그맨 위상 다 깎아먹는다고요. 그때는 유튜브가 마이너 매체였으니까요. 유튜브에 나오는 사람들을 B급으로 여겼고요. PD님 중에도 '내가 너를 방송에 어떻게 쓰겠냐.' 하는 분이 계셨고요. 동료 중에서도 제 뒤통수에 대고 '동료들 얼굴에 먹칠하는 ×', '창피한 줄도 모르는 ×', '돈 벌려고 환장했네.'라고 욕하는 사람들이 있었죠. 맨날 집에 가서 울었어요. 물론 응원해주는 선배들도 있었지 만요.

그래도 계속해서 했으니까 여기까지 온 거죠.

안 할 수가 없었어요. 돈도 없고 나중엔 무대마저 없어졌 으니까.

찾아보니 그래도 7개월 만에 구독자가 3만 명으로 늘었던데 초반부터 잘된 거 아닌가요?

전혀 아니었어요. 잘돼봤자 조회수가 몇천 건 수준이었 죠. 수익도 없는 거나 마찬가지였어요. 8개월 동안 들어 온 돈이 8만 원이었나 그래요.

괜히 시작했다는 생각은 안 했나요?

그때는 방송에선 잘려서 세상 밖으로 나오지도 못했던 우리 아이디어들을 꺼내서 만들어볼 수 있다는 것만으로 도 행복했죠. 둘이 만들며 깔깔대고 웃으면서 일했으니까 요. 20대라서 할 수 있는 광기와 체력으로. 돌이켜봐도 어 떻게 그럴 수 있었을까 싶어요.

그러다가 8개월 만에 '대박'을 터뜨렸다. 이른바 '엘리베이터 방구 몰카'다. 방귀 소리가 나는 풍선을 사용해 여자 친구가 마치 배가 아파 방귀를 뀐 듯한 상황을 만들어 엘리베이터에 함께 탄 사람들의 반응을 모은 영상이다. 물론 카메라에 잡힌 사람들에게 허락받고 편집해 만들었다. 올리자마자 유튜브 인기 영상이 됐다. 이 영상은 2024년 기준 조회수 약 1,500만 회에 달한다. '엔조이커플'의 영상을 통틀어서도 1위다.

**주위에도 안 본 사람이 거의 없던데,
어떻게 아이디어를 냈나요?**

당시 우리나라 전체 유튜브 영상 중 1위를 했죠. 민수의 아이디어였어요. 공황장애가 너무 심해져서 민수가 극단적인 생각까지 할 때였거든요. 그 시기를 잘 건너도록 옆에 있어주고 싶었어요. 때론 환경을 바꾸면 나아지기도 한다는 걸 제가 캐나다의 경험으로 알았기 때문에 일본 여행을 갔죠. 당시 나왔던 〈웃찾사〉 월급 40만 원을 들고서. 그때 일본의 다이소 같은 매장에서 방귀 소리 나는 풍선을 본 거예요. 그걸 가방에 넣어뒀는데 한국에 와서 엘리베이터를 타고 가다가 잘못 눌러서 '뿡' 소리가 난 거죠. 그때 민수가 '이 상황을 찍어보면 재미있겠다.'라고 한 거예요.

그런데 그게 엄청나게 반응이 좋았던 거군요.

저는 부업으로 리포터를 하고, 민수도 알바를 할 때라 영
상을 올리고 나서 반응을 바로 보지 못했어요. 밤이 돼서
야 봤는데 조회수가 20만 건이 넘은 거예요. '와' 했죠. 그
런데 자고 일어나니까 100만 건이 넘었더라고요.

8개월 만에 성공한 콘텐츠가 나온 거네요.

그 기회를 놓칠 수 없었어요. 우리가 가진 필살기 콘텐
츠를 막 찍고 올리기 시작했죠. 그동안 '이건 무조건 된
다.' 싶은 아이디어를 모아뒀었거든요. 이 영상을 타고
우리 계정에 들어온 사람들이 볼 만한 다른 콘텐츠도 많
아야 구독까지 할 거라고 생각했죠. 인생에 기회가 자주
오지 않는다는 걸 알기 때문에 그때는 잠도 자지 않고 달
렸어요.

성과가 나타나기 시작했다. 그로부터 열흘 만에 구독자가 10만
명으로 늘었다.

특별히 뛰어나게 잘하는 하나가 없어요

'방구 영상'이 기틀을 잡게 한 거네요.

그런데 그 영상도 우리에겐 하나의 실패였어요.

그렇게 잘됐는데 왜요?

그 영상을 보면 저희 얼굴이 잘 안 보이거든요. 하하. 지금
이야 '엔조이커플'의 라라, 민수구나 하지만 그때는 잘 알
려지지 않았으니까요. '엘리베이터 방구 영상'은 봤는데
그게 '엔조이커플'의 영상인 줄은 모르는 분들이 많았던
거죠. 그 덕분에 얼굴이 나오게 찍어야 한다는 걸 배웠죠.

언제 유튜브에 확신이 들었나요?

이게 내겐 또 다른 길이 될 수 있다고 느낀 계기가 있어
요. 〈웃찾사〉를 끝내고 퇴근하는 길이었는데, 어떤 여자
분이 버스에서 우리 유튜브 영상을 보고 있는 거예요. 제
가 지쳐있었거든요. 그분도 퇴근길일 테니 지쳐있었을 텐
데 영상을 보면서 볼이 파이게 웃고 있는 거예요. 그때 생
각했죠. '이것도 웃음을 주는 방법이구나. 내가 무대에서
는 웃기지 못했지만, 유튜브로는 가능할 수도 있겠다. 계
속 해봐야겠다.'라고.

**'엔조이커플'을 보면 유튜브판 종합 편성 채널 같은
느낌이에요. 실험 카메라, 먹방, 다이어트, 브이로그,
춤, 노래, 방송 패러디처럼 장르가 다양해요.**

실은 특별히 뛰어나게 잘하는 한 가지가 없어서예요. 그
러니까 이것도 해보고, 저것도 해봤죠. 단 하나 잘한 게
있었다면, 사랑하는 건 참 잘했다고 생각해요.

그것이 유튜브 '엔조이커플'의 가장 큰 매력일 테다.

'엔조이커플'은 새로운 도전을 했다. 그들의 성장을 새삼 확인하게 된 계기다. 〈스트릿 우먼 파이터〉(이하 스우파)를 패러디한 방송 〈스트릿 개그우먼 파이터〉(이하 스개파)를 제작한 거다. 무대가 없어진 개그우먼들이 맘껏 놀 수 있는 판을 깔았다. 유머와 페이소스가 어우러진 콘텐츠였다. 돈으로만 따지면 수천만 원 손해를 감수하고 시작한 일이었다.

〈스우파〉는 뮤지션 뒤에 가려져 있던 댄서들을 전면에 내세워 재조명한 방송, 〈스개파〉는 무대가 없어진 개그우먼들에게 판을 벌여준 방송이다. 기획 취지도, 내용도 절묘하게 맞아떨어졌다.

춤과 개그, 연기를 넘나든 개그우먼들의 끼에 힘입어 〈스우파〉 못지않은 반향을 일으켰다. 2023년 〈스우파〉 시즌 2가 시작되자마자 〈스개파〉 시즌 2를 준비했다. 역시 성공. 조회수는 에피소드마다 300만~400만 건에 달했다.

〈스개파〉는 대성공을 거뒀다. 그저 웃기기만 한 콘텐츠가 아니라서다. 누구보다 출연한 개그우먼들이 그걸 증명했다. "가벼운 마음으로 촬영하러 왔다가 동료들을 존경하는 마음을 안고 갑니다."(홍윤화) "살아있다는 걸 느꼈어요."(김혜선) "저희 끼 많은 개그우먼들 많이 써주세요."(김진주) "무대가 없어져서 선후배들을 만나지 못해 안타까웠는데 열정만 있다면 어디든 무대가 될 수 있다는 걸 배웠습니다."(홍현희)

〈스개파〉를 본 시청자들도 마음을 포갰다. "판 깔아주면 이렇게나 잘들 하시는데, 정작 메인 방송이 없는 게 너무 안타깝습니

다.""이렇게 재미있는 분들이 설 수 있는 무대가 어서 생기기를."
"매화마다 소름 끼치게 높은 싱크로율에 너무 놀랐어요. 이런 능
력을 지닌 개그우먼들이 설 자리가 없다는 게 너무 아쉽네요."

전부라는 착각을 벗어던지기

**유튜브를 하면서 그간 올린 콘텐츠 중 예상과 달리
반응이 안 좋거나 실패한 콘텐츠도 있겠죠?**

그럼요. 잘된 콘텐츠보다 그렇지 않은 콘텐츠가 더 많아

요. 다만, 망한 콘텐츠에서도 배울 수 있어요. 그 실패들 덕분에 '감'이란 게 생겼죠.

그와 손민수 씨는 케이블 채널 ENA의 크리에이터 양성 서바이벌 프로그램 〈나도 구독왕〉의 멘토 겸 심사위원을 맡았다. 그는 말했다. "크리에이터들에게도 성공의 경험은 별 도움이 안 될 거예요. 오히려 실패의 경험이 그들에게 가장 필요한 조언일 거라고 생각해요. 실패의 경험이 없다면 어떻게 멘토를 할 수 있겠어요."

지금까지 살면서 겪은 크고 작은 실패를 바탕으로 임라라만의 언어로 실패를 정의한다면 뭘까요?

'실패란 더 큰 실패를 막기 위한 아픈 경험'이라고 생각해요. 물론 너무 아프죠. '이 실패를 경험해야 더 큰 성공을 할 수 있다.'라고 하더라도 저는 더 큰 성공을 안 하고 말지 실패는 경험하고 싶지 않아요. 그만큼 고통스러웠어요. 그런데 실패는 필요하더라고요. 더 큰 실패를 막아주니까요.

그 실패들이 준 '삶의 도'가 있나요?

'적당함의 지혜'요. 적당한 거리든, 적당한 정도든. '중용'이라고도 할 수 있는데, 아직 그 경지에는 이르지 못했고요. 예를 들어, 저는 입시가 인생의 전부였던 적이 있었어

요. 내 전부가 아니고 그럴 수 없는데도 전부인 것처럼 전
력 질주한 거죠. 살면서 대부분 그랬어요. 인생에서 적당
함이 없이 모든 일을 죽어라 열심히 한 거예요. 그게 저를
너무 힘들게 했어요. 그러니 실패를 하면 그 실패마저 전
부처럼 느껴져서 고통스러웠죠. 이제는 적당하게 살려고
노력해요. 그래야 더 잘되더라고요. (미소)

현실의 어려움과 상대적 박탈감으로 힘들었던 대학 시절, 그의
마음에 불을 켜준 한마디가 있었다. 학생처 학생지원팀에 찾아
가 동문 선배이자 말단 교직원이었던 김지은 씨(나와 동명이인이
다)를 붙잡고 하소연했다. 두 사람은 김 씨가 학교를 그만둔 지
금도 연락하며 지내는 사이다. "선생님, 저 인생이 너무 힘들어
요. 이렇게 먼 길을 돌아왔는데 지금도 잘하는 게 없어요. 그만
살고 싶은 생각이 들어요." 그의 얘기를 듣던 김 씨가 말했다.
"내가 참 좋아하는 말이 있어. Everything counts. 지금의 이 모든
시간이 축적돼서 언젠가 보상해주는 날이 올 거야." 그는 푸념했
다. "선생님, 대체 그런 날이 언제 올까요?"

그도 이젠 알 것이다. 그 답이 그가 만들어온 '라라랜드'에 있
다는 것을.

'함께'라는
행성에서

밖에서
진짜를 만났다

가수 하림

나는 그의 팬이었다. 정확히는 그가 부른 노래들을 좋아했다. 특히 〈사랑이 다른 사랑으로 잊혀지네〉는 노래방에 갈 때마다 꼭 부르곤 했다. 읊조리듯 노래하는 그의 스타일도 마음에 들었다. 그의 음성엔 듣는 이가 생각에 잠기게 만드는 힘이 있다. 그런데 뮤지션 하림, 나아가 한 인간 하림이 궁금해진 건 그의 발라드 곡들 때문이 아니다. 〈우리는 모두 사랑하는 사람을 위해 일을 합니다〉(이하 우사일)를 듣고서였다. 〈우사일〉은 권리가 없는 노래다. 그는 악보를 SNS에 올리고 누구든 자신의 노래로 부르기를 바랐다. 그 영상을 공유하는 '챌린지'도 했다. 〈우사일〉은 안전하게 일할 권리를 담은 노래다. 대중가수였던 그가, 왜 이런 노래들을 만들고 이런 프로젝트를 하게 된 건지. 그는 과거엔 어떤 가수였고, 지금은 어떤 가수로 노래하고 있는 건지. 〈우사일〉이 하림을 궁금하게 만들었다. 인터뷰를 준비하면서, 그리고 인터뷰 뒤 그의 말들을 글로 옮기면서 내내 그의 노래를 들었다. 지금도 〈우사일〉을 듣고 있다. 그의 진심을 들은 뒤엔, 그의 노래가 세상을 바꾸기를 바라는 기도를 얹어 따라 부른다. 노래의 힘을 믿기에, 산업을 떠나 삶으로 온 하림. 이런 가수가 있어서 참 다행이다.

"저, 〈우사일〉 같은 노래 부르려고요."

2023년 하림(본명 최현우, 47)은 오랜 소속사 미스틱스토리에 이렇게 말했다. 12년 인연에 안녕을 고하는 선언이었다. 그는 이 회사의 '원년 멤버'다. 그해 6월, 그렇게 그는 '산업'을 떠났다.

노래를 부르려고 소속사를 나간다니. 그럼 〈우사일〉은 어떤 노래인가. 2023년 9월 공개한 이 노래는 그가 만든 노래다. '안전하게 일할 권리'를 담았다. "우리는 모두 사랑하는 사람을 위해 일을 합니다/내가 일하다 다치면 엄마 가슴 무너지고요/집에 못 돌아가면은 가족은 어떡합니까."(〈우사일〉 중에서)

〈우사일〉에 앞서 〈그쇳물〉이 있다. '그쇳물'은 '그 쇳물 쓰지 마라'의 약자다. 〈그쇳물〉은 2010년 9월 충남 당진의 한 철강회사에서 일하다 1,600도가 넘는 쇳물에 추락해 죽은 20대 노동자의 넋을 기린 곡이다. '댓글 시인' 제페토가 남긴 추모 시에 하림이 2020년 곡을 붙였다. '태안화력발전소 김용균 사망 사건'으로 중대재해기업처벌법을 제정해야 한다는 목소리가 커질 때다.

〈그쇳물〉 전엔 '국경 없는 음악회'가 있다. 이주 노동자 무료진료소 '라파엘클리닉'에 하림이 만든 무대다. 이주 노동자들은 이 무대에서 모국의 노래를 불렀다. 하림은 그들의 얘기를 듣기도 하고 반주도 했다. 때론 함께 춤을 췄다. 마이크를 잡은 노동자도, 무대를 보는 노동자들도 울면서 웃었다.

'국경 없는 음악회' 앞서선 문화기획자 하림이 있다. 아프리카를 담은 공연을 하고 관객의 기부금을 모아 아프리카의 뮤지션 지망생들에게 기타를 보내주는 '기타 포 아프리카' 같은 프로젝트를 여럿 했다.

그 전엔 홍대 음악 카페 무대에서 월드 뮤직(각 나라의 고유한 음악)을 공연한 하림이, 그보다도 전엔 홍대 거리의 버스커 하림이 있다.

우리는 〈출국〉(1집, 2001)과 〈사랑이 다른 사랑으로 잊혀지네〉(2집, 2004)로 그를 떠올리지만, 그 시기는 그에게 '실패'로 기억된다. "산업 안에서 '복권 당첨'을 기다리면서 '혹시 이번엔 내 차례일까?'를 되뇌던 내가 부끄러웠어요. 마치 치킨집 하나 열고서 '(주식회사) 하림 같은 기업이 될 거야.'라고 생각하는 거나 마찬가지였죠."

화려한 무대를 떠나 거리로 간 이유다. 그는 '하림'을 벗고 가면을 쓴 채 음악만으로 관객을 만났다. 악기 상자를 열어 만든 '팁 박스'에 어느 날은 몇만 원이, 어느 날은 500원짜리 동전 하나가 달랑 들어있었다. 조명, 음향, 카메라, 소속사, 방송사 같은 중간 단계 없이 마음에 직결되는 음악, 그렇게 완성되는 음악의 가치를 그때 처음 느꼈다. 그가 걸어온 시간은 '음악이 뭐지? 노래의 가치는 뭐지?'의 답을 찾아온 여정이다.

그 길을 돌아보며 그는 말했다. "음악의 목적은 조각난 사람들의 마음을 이어주는 데 있다고 생각해요. 유별나다고 보는 사람들도 있지만, 저는 노래가 지닌 본래 역할을 회복하려고 이런 노래를 부릅니다."

〈그릇물〉과 〈우사일〉로, 노동의 실패를 노래하는 게 그래서다.

"20년 동안 음악은 제게 천천히 존재의 이유를 이야기했죠. 노래가 떨어뜨려 놓은 빛나는 돌들을 주우며 걷다 보니 여기까지 왔어요."

'음악을 매개로 이야기하는 예술가' 하림을 만났다.

가면을 쓰고 버스킹하다

왜 가수가 됐나요?

어릴 때부터 꿈이었죠. 어머니가 시켜서 초등학교 4학년 때부터 피아노를 배웠어요. 작곡도 하기 시작했죠. 친구들과 내가 만든 노래를 부르기도 하고요. 아버지가 군인이셔서 전학이 잦았는데도 그 덕분에 교우 관계가 좋았죠. 중학교 2학년 때 수련회에서 '롤링 페이퍼'를 썼는데, '나는 가수가 될 거야.'라고 적은 기억이 나요. 고등학교 땐 록밴드 동아리 활동을 했죠.

그는 스무 살 때 그룹 VEN으로 데뷔했다. 기획사와 계약을 하고, 계약금은 멤버 셋이서 나눠 악기도 샀다. 그의 포지션은 원래 키보드였지만, 막판에 보컬을 맡은 멤버가 팀을 떠나는 바람에 그가 보컬을 하게 됐다.

VEN 시절은 어땠나요?

1년 정도 활동했는데 힘들었죠. 엔터테인먼트 산업 시스템이 지금보다 훨씬 원시적이고 폭력적인 시절이니까. 가수가 되고 싶은 청춘들과, 그들의 열망을 이용해 한몫 챙기려는 세상이 존재했어요. 무서웠죠. VEN은 실패했어요.

그 뒤 공군 군악대로 입대했다. 그는 국군홍보관리소(현 국방홍보원) 소속이었다. '작곡병'이었던 윤종신 씨의 후임을 구한다는 얘기를 듣고 지원했다. 어느 날 윤종신 씨가 그에게 말했다. "제대하면 나랑 계약하자. 내가 앨범 내줄게." 그렇게 2001년 첫 앨범이 나왔다.

1집부터 잘됐고, 2집까지 쭉 성공했지요?

그렇게 많이들 알고 있지만, 그렇지 않았어요. 회사에서 수익을 회수할 수 없는 수준이었죠. 2집까지는 겨우 만들었는데, 3개월쯤 활동하고 접었어요. 회사에서 더는 홍보할 수 없다고 했죠.

실망했을 것 같아요.

지금 생각하면 엄청난 충격을 받았어야 할 것 같은데, 그때는 '잘됐다. 어차피 재미도 없었는데.'라고 생각했어요. 당시가 '홍대 인디신'의 태동기였거든요. 인디 가수들이 참 행복해 보였어요. 산울림 소극장 맞은편에 작업실을 만들었죠. 가수 활동 말고도 곡을 써주거나 연주하거나 방송음악 만드는 아르바이트로 돈은 벌었으니까. 그때 버스킹을 했어요. 가면을 쓰고 연주를 했죠.

버스킹도 놀라운데, 가면까지 쓰고 했다고요?
왜 그랬나요?

2집 앨범에 실패하고 나서 '여행이나 가자.' 해서 베네치아에 갔어요. 베네치아에선 오페라 가면을 여기저기에서 팔거든요. 쓰고 돌아다니는 사람도 많고요. 당시 드렐라이어(Drehleier, 영어로 허디 거디Hurdy Gurdy로 손잡이를 돌려 현을 타는 현악기다)라는 유럽의 민속 악기를 배우고 있었어요. 가면을 쓰고 이 악기를 연주하는 버스킹을 하면 좋겠다 싶었죠.

가면을 쓰고 버스킹을 해보니 어땠나요?

돈과 예술의 상관관계를 많이 느꼈죠. 악기 상자를 팁 박스로 두고서 가수도, 하림도 아니고 내 음악과 퍼포먼스로 돈을 벌었어요. 내가 하는 한 시간짜리 음악 공연은 똑같은데 이 음악이 연주되는 무대가 커지면 커질수록 여러 구조가 붙고 그게 산업이 된다는 걸 깨달았죠. 음악과 산업이 구분되더라고요. 내가 음악을 해서 힘든 게 아니라 음악 산업 속에 있어서 힘들었다는 걸 알았죠.

그다음 그의 무대는 어쿠스틱 공연을 할 수 있는 홍대의 카페였다. 거리에서 '지붕이 있는' 무대로 올라온 거였다. 당시 한창 배우던 월드 뮤직을 연주했다. 그가 말했다. "얼마 전 아내가 '리즈 시절'(지나간 전성기)이 언제냐고 묻는데, 제가 그때라고 했어요. 아내가 놀라면서 (TV 예능 프로) 〈무한도전〉이나 〈비긴어게인〉에 출연한 때가 아니냐고 되묻더라고요. 돈도 없고, 스케줄도 없지만, 매일 음악을 사랑하는 친구들과 음악 얘기를 나누고, 그 이야기들이 노래가 돼서 어느 날 누군가의 입에서 발표가 되던 그때가 제일 행복했어요."

TV에선 사라졌지만, TV 밖에서 그는 왕성했다. 2010년엔 예술창작 기획집단 '아뜰리에 오'를 만들었다. 그 시기 했던 작업 중 하나가 '도하 프로젝트'다. 개발 논리로 도시의 유목민이 된 예술가들과 새로운 예술 생태계를 만든다는 취지였다. 지금은 아파트가 들어선 서울 금천구의 옛 도하부대 자리에서 시작했다.

〈천변살롱〉 같은 음악극으로 스토리텔링을 하기도 했고, 2014년엔 국제앰네스티와 예술을 도구로 한 인권운동 '시크릿 액션'에도 동참했다. 그의 주제는 음악 산업 속에서 했던 사랑과 이별에서, 사람과 세상으로 확장하고 있었다.

그런 활동들을 하면서 '나는 왜 노래를 하는가?'라는
자문도 했을 것 같아요.

1, 2집을 냈던 시기엔 외로웠어요. 내가 노래하는 목적 자체가 '히트'였으니까. 매니저와 차를 타고 어딘가에 가서

노래를 한 뒤 내 자랑을 잔뜩 늘어놓으며 멋진 포즈를 취한 뒤 집에 왔죠. 노래가 내 직업인지, 생계 수단인지, 투자인지 모호했어요. 단지 나도 TV 속 가수들처럼 화려하게 노래하고 싶었죠.

그때는 스타가 되고 싶었던 거군요.

그럼요. 그땐 그걸 인정하지 않았어요. 돌이켜보니 결국 그것을 위한 연속이었죠. 그래서 외로웠던 거예요. 목적 자체가 너무 단편적이니까. 홍대에서 나는 회복됐어요. 꿈이 더럽혀지지 않은 음악 친구들 사이에서.

홍대에서 버스킹을 하고
카페에서 공연하던 때가 전환점이네요.

그때 노래하는 이유가 입체적으로 바뀐 거죠. 버스킹할 때 나와 관객 사이엔 팁 박스 하나뿐이었어요. 그래서 자유롭고 행복했죠. 그 팁 박스가 커지면 산업이 되는 거예요. 당시 친구들과 이런 얘기를 나눈 기억이 나요. '우리의 회사는 음악이야. 우리를 먹여 살려주는 건 소속사 같은 회사가 아니라 음악이잖아.' '음악으로 먹고살 수 있는가?'라는 게 음악 하는 사람들을 참 비참하게 만드는 질문이거든요. 그런데 우리가 괴로운 건 음악이 아니라 산업 때문이라는 걸 그때 깨달았죠.

음악은 패자의 것이 퍼진다

**그래도 그땐 사회문제를 대놓고 노래하진 않았는데,
〈그 쇳물 쓰지 마라〉를 만든 계기가 있나요?**

길게 보면 라파엘클리닉에서 했던 '국경 없는 음악회'가
계기죠. 한 달에 한 번씩 가서 '국경 없는 음악회'를 했어
요. 월드 뮤직을 공부하면서 이주민들에게는 자기 나라의
음악이 곧 정체성을 지키는 도구라는 걸 깨달았어요. 그
래서 기획했죠.

어떤 공연인가요?

한 달에 한 번씩 점심시간에 가서 그날 노래 부를 사람을
모집해요. 저는 미리 그날 마이크를 잡을 사람의 이야기
를 듣고, 어떤 노래를 부르고 싶은지 받아서 MR을 만들
거나 반주를 준비하죠. 무대에서 그 사람에게 마이크를
준 뒤에 한국에 왜 왔는지 사연을 듣고 어떤 노래를 할 건
지, 왜 그 노래를 부르고 싶은지 들어요. 모국어로 인사와
함께 가족에게 전하는 말도 할 수 있게 하고요. 그런 뒤
노래를 듣는 거죠. 그 모습을 영상으로도 찍어요. 모국의
가족에게도 보낼 수 있게.

분위기가 어떤가요?

라파엘클리닉엔 캄보디아, 아프가니스탄, 가나, 에티오피

아, 파키스탄, 이집트…… 다양한 나라에서 와서 다치거
나 병에 걸린 사람들이 있어요. 마이크를 잡은 사람의 얘
기와 노래를 듣다 보면 다들 눈물을 흘려요. 타국에 와서
일을 하다 보면 외롭고 지칠 때가 있을 거 아니에요. 그곳
에서 함께 노래 부르는 게 그들에겐 치유인 거죠. 노래로
얻는 에너지를 눈으로 확인하는 시간이었어요. 굉장히 아
름다운 자리죠.

'국경 없는 음악회'로 많은 걸 느꼈겠어요.

너무 많죠. 음악은 사람들이 힘들 때 큰 힘을 발휘해요.
월드 뮤직을 공부하면서 배웠죠. 음악이 흐르는 방향은
전쟁과 반대예요. 승자는 패자의 돈과 땅을 갖지만, 음악
은 패자의 것이 퍼지죠. 아프리카 음악이 아메리카로 갔
지, 아메리카 음악이 아프리카로 가진 않았잖아요. 음악
이 가진 아름다운 속성이에요. 그 깨달음은 VEN이나 하
림 1, 2집으로 얻은 게 아니라 그 실패 이후의 시간으로
얻었죠.

그 깨달음이 〈그쇳물〉로 이어진 건가요?

사실 2010년엔 당진 철강 회사에서 일어난 참사를 몰랐
어요. 그런 사안에 큰 관심이 없었죠. (10주기가 되는) 2020
년 '프로젝트퀘스천(사회문제를 발굴하고 해법을 모색하는 크
라우드펀딩 플랫폼)'이라는 회사에서 제게 이메일을 보냈어

요. 제페토의 시 〈그쳇물〉을 음원으로 만들고 싶다고요.

제안을 받고 어땠나요?

일단 만나서 얘기나 들어보자는 심산으로 보기로 했어요. 속으로는 거절할 생각을 하고 나갔죠. 그땐 내 일이 아니라고 여겼거든요.

거절을 했나요?

얘기를 나누다 보니 그 사건 자체가 너무 잔인한 거예요. 그래서 '확답은 못 하지만, 고민해볼게요. 음악이 나오면 알려드릴게요.'라고 답하고 헤어졌죠. 그때까지 '노동운동'이라고 하면 무섭게 생각했거든요. 부끄러운 얘기인데, 그때는 '노동자'라는 단어도 안 썼어요. '근로자'라고 했지. 사측의 표현이라는 걸 몰랐어요.

프로젝트퀘스천은 왜 하림 씨에게 부탁했을까요?

이미 그 전에 뮤지션 20~30명한테 제안을 했는데 다 거절당했다고 하더라고요.

노래는 언제 나왔나요?

몇 달간 고민을 했어요. 곡이 나와서 연락했죠. 그런데 제가 부르는 건 의미가 없을 것 같더라고요. 난 이미 '국경 없는 음악회'의 경험이 있으니까. 그래서 프로젝트퀘스천에 이렇게 제안했죠. "이 노래는 함께 불러야 해요. '우리끼리'가 아니고 여러 사람이 함께." 그래서 사회관계망서비스(SNS)를 통해서 릴레이로 부르는 '그쳇물 챌린지'를 시작했죠. 다음 부를 사람을 지목하는 폭력적인 방식 없이.

챌린지엔 불이 붙었다. 김용균 씨의 어머니 김미숙 씨는 물론 장혜영 정의당 의원, 가수 호란 같은 여러 분야의 인사들이 동참했다. 덩달아 중대재해기업처벌법에 관심도 커졌다.

어땠나요?

어리둥절했어요. 세상에 이런 일이 일어나다니.

그가 서는 무대도 확 바뀌었다. 집회, 파업 현장, 노동자 단체 행사로.

이것이 우리의 숙제구나

〈우사일〉은 〈그쳇물〉의 후속처럼 느껴져요.
어떻게 만들게 됐나요?

누구든 흥얼거렸을 때, 내가 존엄한 존재고 내가 하는 일로 무시당해선 안 된다는 생각을 자연스럽게 하게 되는

150

노래를 만들고 싶었어요. 조직이라는 힘조차 없는 사각지대의 노동자를 위한 노래요.

그는 2022년 곡을 완성해 2023년 9월 5일 악보와 함께 공개했다.

〈그쉿물〉이나 〈우사일〉은 모두 말하는 듯해요.
만드는 과정이 어땠나요?

작곡가마다 자기 스타일이 있어요. 저는 언젠가부터 말의 억양이 멜로디의 단서라고 생각했어요. 노랫말을 계속 말해요. 그대로 따라가서 정리하면 말과 가장 유사한 형태로 멜로디가 만들어져요. 가장 배우기 쉽고 원시적이고 자연스러운 작곡 방법이죠. 〈그쉿물〉과 〈우사일〉은 그걸 극대화해서 곡을 만들었어요.

〈우사일〉은 글도 직접 썼죠?

〈우사일〉은 누구나 쉽게 따라 부를 수 있는 노래로 만들었어요. 자극적인 요소를 빼려고 노력했죠. 있는지 없는지도 모르게, 공기처럼 들리게 하고 싶었어요. 누군가 흥얼거리든, 억울함을 호소하려고 삼삼오오 모여서 계단에서 노래하든, 주방에서 우리끼리 집회하든 자연스럽게 부르면서 마음을 다잡을 수 있도록.

'우리는 모두 다 일을 하는 사람, 우리는 모두 다 똑같이 소중한 사람, 우리는 모두 사랑하는 사람을 위해 일을 한다.'라는 노동의 기본을 노래해요.

각자의 해석대로 생각하면 돼요. '우리는 모두 사랑하는 사람을 위해 일을 합니다.'에는 두 가지 뜻을 담았어요. 일이라는 게 외부적으론 타인에게 기여하는 행동이라는 의미예요. 카페에서 커피를 내리는 일도, 결국은 그 커피를 마시면서 행복해할 그 사람의 삶에 기여하는 것이죠. 그런 생각을 하면 일을 할 때 덜 괴롭지 않을까요. 두 번째는 나를 위해서 일한다는 뜻을 담았어요. 보통 우리가 '회사를 위해서 일한다.'라고 하는데 그건 사용자 입장이죠. 내 입에서 '사용자'라는 단어가 아무렇지 않게 나오는 것도 이상하지만. (웃음) 어쨌든 회사는 우리를 사용하고 그 대가를 지급하는 곳이지, 본질적으로 우리는 나를 위해서 일을 하는 거죠. 나와 일 사이에 회사가 있는 거고요.

〈우사일〉의 단순한 가사를 읊조리다 보면 부를 때마다 의미가 깊어진다. 그 이유가 있었다.

그는 〈우사일〉을 공개하면서 챌린지도 시작했다. 그가 SNS에 올려놓은 악보를 다운로드해 연주하거나 노래를 부르는 영상을 촬영하고 챌린지 해시태그와 함께 SNS에 업로드하는 방식이다.

〈우사일〉 챌린지는 어땠나요?

실패했다고 봐야죠. 〈그쉿물〉엔 참사라는 뚜렷한 서사가 있었고, 중대재해법 같은 이슈와 맞물려서 사회운동의 성격이 됐어요. 그런데 〈우사일〉은 〈그쉿물〉에 비하면 관심이 적었죠. '이것이 우리의 숙제구나.' 싶었어요. 누군가 죽고 다쳐야 '이게 우리 이야기구나.' 하고 생각할까? 이런 물음표가 남았죠. 하지만 이 실패가 또 다른 이야기를 만들어낼 거라고 생각해요.

〈우사일〉로 어떤 변화가 일어나길 바라나요?

변화는 쉽지 않죠. 그러나 오지 않는 건 아니에요. 변화는 날씨처럼 온다는 말이 떠오르더라고요. 오지 않을 것 같지만 어느 날 계절은 바뀌어 있잖아요. 실패나 성공이 중요한 게 아니라 변화가 어떤 계절에 오는지가 중요한 거죠.

〈우사일〉을 음원 사이트에 안 올린 이유가 있나요?

이런 소리 듣기 싫어서요. '그거 해서 하림이는 음원 수익으로 얼마나 벌까?' 하는. 그런 댓글을 봤거든요. 그럼 안 하면 되지. 저작권료? 저작권도 등록 안 하면 되지. 사람들이 내가 가수라서 갖는 오해가 있으니까요. 〈우사일〉 같은 프로젝트로 내가 다른 부가적 이미지를 얻을 수 있지 않느냐고 말하는 사람도 있겠죠. 물론 이런 일이 내가

건강한 자아를 만들고 정의로움을 쌓아갈 수 있도록 긍정적인 영향을 미쳐요. 하지만 그것 때문에 사회운동을 하는 사람은 없을 거예요.

〈우사일〉을 함께 부르는 공간에 있으면 어떤가요?

울컥하죠. 마지막 가사는 관객이 부르도록 유도하거든요. 세 번을 반복하는데 그럼 마지막에는 정말 소리가 우렁차져요. 뿌듯함이 밀려오죠. 일단 오늘 여기 있는 사람들에게는 '우리는 사랑하는 사람을 위해 일을 한다.'라고 전했구나. 갈 땐 힘든데, 올 땐 그래서 행복해요.

그가 〈우사일〉을 공개한 뒤 벌인 일이 하나 더 있다. 전태일의료센터 건립 비용에 보태려는 뜻으로 시작한 '100명의 아카이빙 챌린지'다.

'나는 사랑하는 OOO을 위해 일을 합니다.'라는 문장을 쓴 종이를 들고 사진을 찍은 뒤, 챌린지 해시태그와 함께 SNS에 공유하는 방식이다.

이 프로젝트가 성공하면, 그간 공연료로 받은 돈에서 전태일의료센터 건립 기금으로 100만 원을 기부하겠다고 약속했다. 사람들의 참여 속도가 생각보다 더뎌 초반에는 당황했다. 그러나 예상치 못한 변화가 일어났다. 챌린지의 취지에 동의하는 이들이 기부 행렬에 동참하기 시작한 것이다.

그러니 좌절할 필요도, 낙담할 이유도 없다. 계절은 끝내 바뀌고야 마는 법이니까.

이 실패가 만들 우리의 또 다른 이야기

소속사였던 미스틱스토리와는 계약을 종료한 거죠?

제가 하고 싶은 일은 산업 밖에 더 많이 있으니, 좀 더 자유롭게 하고 싶어서 그렇게 선언하고 그만뒀어요. 고민이 많았지만 정리가 됐죠. 진짜는 바깥에 있다는 확신이 생겼어요.

그간 고민하면서도 적을 정리하지 못한 데엔
'심리적 보험'의 이유도 있었을 것 같아요.

맞아요. 그런데 그게 부끄럽더라고요. 내 차례를 기다리
는 것 같았어요. 산업 안에 있으면서 '혹시 이번엔 내 곡
이 성공할까?'라고 바라는. 하지만 그런 차례는 모두에게
다 오지 않아요. 〈비긴어게인〉으로 다시 주목받을 때 주
위에서 '너 지금 앨범 내야 해.'라고 많이들 설득했거든
요. 그런데 여기(산업 바깥)에서 일어나는 일들을 놓을 수
가 없었어요. 앨범을 내면 또 방송사 다니면서 노래 부르
고 '이번 앨범 콘셉트는…….' 이런 얘기를 해야 할 텐데,
이제 제게 그런 일들은 중요하지 않게 됐어요.

대신 산업 안의 사람들이 서지 못하는 무대에 서고 있죠?

맞아요. 그래서 행복해요. 〈그첫물〉 때는 전남 여수의 초
등학생들이 불러서 간 적이 있어요. 아빠가 석유공장에서
일하는 어린이들이죠. 안 갈 수 없잖아요. 한 달에 굵직한
(노동) 행사는 네다섯 군데, 소소하게는 열 군데씩 다니기
도 하죠. 저 같은 사람(뮤지션)들이 많아지면 좋겠어요.

요즘 그의 '로드 매니저'는 아버지다. 퇴직한 아버지에게 그는
개인택시를 마련해드렸다. 서울에서 일정이 있을 때면 아버지가
그를 태우고 다닌다. 인터뷰하는 날도 그랬다.

요즘 공연하는 무대가 다양해졌는데
부친의 반응은 어떤가요?

좋아하세요. 물론 〈비긴어게인〉 때 행복해하셨지요. 방송
은 확실히 많은 사람에게 기쁨을 주는 플랫폼이에요. 하
지만 내가 그 일을 잘하는 것 같지는 않아요. 현장에서 부
르는 노래를 더 좋아하게 됐죠. 그게 더 진짜 같은 느낌이
드니까. 전파를 통해서가 아니라 눈앞에서 하는 노래. 그
런 현장에 갈 때 제가 편안해하고 즐거워하니 아버지도
좋아하세요. 오가면서 차 안에서 얘기도 나누고 함께 밥
도 먹을 수 있으니, 그것도 좋고요.

지금까지 경험한 실패를 바탕으로
실패라는 단어를 정의한다면 뭘까요?

'실패란 그냥 실패일 뿐이다, 실패에 너무 많은 의미를 부
여하지 않아도 된다.'라고 생각해요. 누구나 실패하니까.

실패를 통해서 길어 올린 '삶의 도'가 있다면 뭔가요?

'얼른 정리하고 넘어가자.' 다시 생각하지 않아요. 실패했
으면 그 상자는 닫고 다음 준비된 상자를 열어야 하죠. 대
신 저는 늘 최악을 생각하고 다른 상자들을 준비해둬요.

내게 가수 하림은 곧 〈출국〉이자 〈사랑이 다른 사랑으로 잊혀지
네〉였다. 알고 보니 그는 화려한 성공을 꿈꿨으나 실패한 신인

가수였고, 가면 쓴 거리의 버스커였으며, 반짝거리는 아이디어로 예술이 지닌 선의지(善意志)를 증명하는 문화기획자이기도, 음악으로 치유를 돕는 힐러이기도 했다. 지금은 자신을 뭐라고 규정하는지 궁금했다.

음악을 매개로 이야기하는 예술가죠. 저는 예술이 세상을 좋은 쪽으로 변모시키는 도구라고 생각해요. 예술을 나쁘게 이용할 수는 있지만, 본질적으로 예술엔 그런 힘이 있죠. 예술가에게도 기본적으로는 세상을, 사람을 좋은 쪽으로 변모시키려는 의지가 있다고 믿어요. 그런 의미에서 내가 하는 모든 활동은 그걸 향하고 있죠. 예술가는 그래서 직업이 아니라 태도라고 생각해요.

그간의 여정을 돌아보면 어떤가요?

최근 이런 생각을 했어요. '내가 노래하러 가는 것인가, 노래가 나를 부르는 것인가?' 내가 노래를 따라다니는 거더라고요. 20대부터 노래가 어떤 숲길을 앞서가면서 돌들을 두었고, 저는 음악을 하면서 그것들을 주워 담았죠. 어떤 돌은 빛났지만, 어떤 돌은 보잘것없는 돌멩이이기도 했어요. 때론 돌이 안 보여서 길을 잃기도 했고요. 그게 음악가가 하는 일인가 봐요. 노래가 흘린 빛나는 돌을 주우러 다니는 것.

그의 안엔, 지금껏 주운 돌 중 가장 빛나고 예쁜 것들이 가득할 것이다.

벗어나니
우주가
바뀌었다

성매매 경험 당사자 진*

* 성매매 경험 당사자이자 다른 성매매 피해 여성을 돕는 활동가로 일하는 진(활동명).
  그의 요청으로 그가 사는 지역, 소속 단체는 명기하지 않는다.

진(활동명)을 떠올리면 작은 체구에 조곤조곤하면서도 단단한 말투가 생각난다. 진은 생존자다. 칼부림까지 나곤 했던 폭력적 가정에서, 남자들의 성폭력에서, 성매매의 생태계에서 그는 살아남았다. 진을 알게 된 건 '뭉치'를 통해서다. 성매매 경험 당사자들이 만든 모임이다. 반성매매 운동과 활동가 교육을 하고《무한발설》이라는 책도 펴냈다. 진을 만나기까지 몇 사람이 다리를 놔주었다. 내가 그의 말을 왜곡하지 않으리라는 신뢰를 전하는 게 중요했다. 서울에서 아주 멀리 떨어진 곳에서 진은 성매매 피해 청소년들을 상담하는 활동가로 일하고 있었다. 중학교 2학년 때 가출해 고등학교도 제대로 다니지 못한 그는 이젠 버젓한 석사 학위 소지자이기도 하다. 그를 만나기 전 그가 성매매를 누구의 실패로 바라보는지 궁금했다. 그리고 성매매에서 빠져 나오려다 실패하기도 했던 과거를 어떻게 보는지도. 자신을 냉철하게 돌아볼 줄 아는 사람이었다. 그 질문들에 내놓은 그의 말들이 좋아 섬세하게 담았다. 자신을 찾아온 소녀들이 낙담할 때 그는 자신의 실패 이야기를 들려준다고 했다. 그를 만난 뒤 글을 쓸 때 그의 이야기를 '우주가 바뀐 스토리'라고 적었다. 그런데 다시 생각해보니 틀렸다. 이건 '우주를 만든 스토리'다.

'나는 쓰레기에다 구제 불능, 인간도 아니야.'

'진'(30)은 자신을 향한 모든 기대를 내려놨다. '성매매를 벗어나려고 그렇게 발버둥 쳤는데 1년 만에 이렇게 되다니.'

내릴 곳을 지나쳤는데도 남자는 차를 세우지 않았다. "난 너같은 애가 좋아." "남자 친구랑은 (성관계) 해봤어?" "모텔 갈래?" 만 열일곱 살이던 그에게, 남자의 요구는 명백했다. "너무 어려 모텔에 못 들어가요."라고 능쳤지만 남자는 "무인텔도 있어."라며 속도를 줄이지 않았다. '절대 그냥 보내지 않겠구나. 이러다 어디 끌려가 줘도 새도 모르게 죽는 거 아닌가.' 두려움이 엄습했다. 유사 성행위를 해주고 차에서 빠져나왔다. 남자는 10만 원을 쥐여주며 말했다. "다음엔 30만 원 줄게." 차에서 내려 펑펑 울었다. 성매매 경험자들은 폭력 피해 당사자 중에서도 자신들이 '가장 밑바닥'이라고 여긴다. 다른 누구도 아닌, 자기가 자신에게 '낙인'을 찍게 돼서다. 진도 그랬다.

그는 중학교 2학년 때 가출했다가 '조건만남'을 하게 됐다. 함께 살았던 언니가 임신을 했다. 알고 보니 조건만남으로 진까지 먹여 살리고 있었다. 부모의 동의를 받지 못하는 청소년이 아르바이트를 할 수 있는 곳은 거의 없다. 주민등록증을 빌려 대형마트에서 주차 안내 알바를 해보기도 했지만 오래가지 못했다. 누가 봐도 미성년자 티가 났을 테니까. 그런 진 앞에 놓인 선택지는 거의 없었다. 1년을 조건만남을 하며 살았다. 그나마도 못해 돈이 없을 땐 난방이 되는 공중화장실이나 온기가 있는 건물을 전전했다.

그러게 가출을 왜 했느냐고 물을 수도 있겠다. 엄마를 때리다 못해 칼까지 든 아빠의 폭력, "네가 나랑 같이 죽자."라며 아빠 차에 태워져 끌려가기도 여러 번이었나. 어린 시절 첫 기억이 난 장판이 된 집일 정도니까. 그래도 아빠는 딸까지 때리진 않았는데, 나이가 드니 오빠가 아빠처럼 되어갔다. 그의 결론은 '여기선 살 수 없다.'

어차피 집에 있어도 안전하진 않았다. 초등학교 5학년 때, 오빠 친구에게 성폭력을 당했다. 채팅 사이트 '버디버디'에선 그에게 성적인 사진을 요구하는 남자들이 가득했다. "만나자."라며 나오라기에 가보니 50대 남자가 자기 사업장으로 부른 거였다. 간신히 성폭력을 피할 수 있었던 건 진이 당시 초경 중이었기 때문이다.

여기까지가 태어난 이래 18년 동안 진의 이야기다. 이후엔 어떻게 됐느냐고? 진은 성매매에서 벗어났다. 대학은 물론 대학원에도 진학해 석사 학위를 받았다. 지금은 자신과 같은 피해를 경험한 청소녀들을 돕는 일을 한다. 뭉치의 일원으로 반성매매 운동과 활동가 교육, 토크 콘서트도 한다. 그는 지금 '무한발설'(2021년 뭉치가 출간한 책 제목)하는 중이다.

자신을 포기하고 살던 그에게 자존감의 싹을 틔워준 한 사람 덕분이다. 그 자존감이 성매매를 실패가 아니라 인생의 디딤돌로 만들었다. 진은 말했다. "외딴섬이었던 내 주위에 섬들이 하나둘씩 생기고 이젠 그 섬과 때론 가까워지기도, 멀어지기도 하며 사는 이야기예요." 그러니까 이건 한 사람의 우주가 바뀐 스토리다.

밑바닥 중의 밑바닥을 찍다

쉼터는 어떻게 가게 된 거예요?

함께 살던 언니가 출산할 날이 다가와서요. 청소년 일시 보호소에 가니 선생님이 먼저 눈치를 채고 물어보더라고 요. 어떻게 임신하게 됐는지, 성매매한 건 아닌지. 언니는 미혼모 쉼터로 가고, 저는 성매매 피해 청소녀 쉼터로 가 게 됐죠.

그가 간 곳은 새날을여는청소녀쉼터(이하 새날쉼터)였다. 새날쉼 터에서 지내며 고졸 자격 검정고시에도 합격했다. 1년 만에 쉼 터를 나가게 된 건 옛날에 함께 놀던 친구들이 들어오면서였다. 퇴소하고 지낸 그 기간에 차 안 성폭력을 당한 거다.

그 사건을 겪은 뒤 어땠나요?

밑바닥에, 밑바닥을 찍었다고 생각했어요. 탈성매매 하려 고 얼마나 노력했는데. 지금 생각해보면 탈성매매는 일시 에 되는 게 아니에요. 내 주변의 환경이 다 바뀌어야 가능 하죠. 그때도 친구를 만났다가 그 남자와 엮여서 놀러 간 거였어요. 친구가 조건만남을 하고 있었던 거죠.

실질적으로 벗어나기까지 오래 걸리는군요.

환경뿐 아니라 감정도 그래요. 탈성매매하고 난 뒤 얼마간은 종종 예전의 감정이 올라왔어요. 사람들에게 무시나 '갑질'을 당했다고 느낄 때 그렇죠. 착취당할 때와 우울할 때 감정의 밑바닥이 비슷하거든요. 그런 때는 '뭐야, 탈성매매 해도 달라진 게 없네.' 싶어요. 지금은 굳이 내 감정을 들여다보고 해석하죠. 또 그런 때 내가 안전하게 쉴 수 있는 공간과 내 마음을 말할 사람이 있다는 것도 떠올리고요.

**그 사건으로 성매매에서 벗어나려고 했지만
실패했다고 여겼겠네요.**

자포자기했죠. '나는 이런 애구나. 더는 할 게 없구나.' 싶었어요. 툭하면 '죽어버려야지.' 했고요. 나중에 쉼터에서 심리 상담을 받아보니 '만성 우울'이라 하더라고요. 그때는 하고 싶은 것도 없었어요. 한동안 아무것도 안 하고 지내다가 우연히 스마트폰 부품 공장에 들어가서 일을 했죠. 잘해서 '에이스'로 불렸어요. 몇 개월 안 돼 때려치웠지만.

왜요?

생리통 때문에 하루만 쉬겠다고 하는데도 못 쉬게 하더라고요. 이게 말이 되나 싶었어요. 무식하다고 그러는 건가, 공장에서 일하니까 이렇게 대우를 받나 싶더라고요. 사이버대학교에 지원했는데 합격해서 공부를 제대로 해보자 마음먹었죠.

좀 의아스러웠다. 그는 이미 조건만남을 할 때 별의별 '인간 말종'을 많이 경험했다. 조건만남이란 '조건 성매매'인데 조건을 지키는 사람은 거의 없었다. 심지어 돈을 안 주고 되레 협박까지 하고 가는 남자도 많았다.

조건만남 할 때야말로 함부로 하는 사람을
많이 만났는데 그때는 화가 나지 않았나요?

그땐 그런 걸 느끼지 못했어요. 어릴 때부터 그런 취급을 받고 자랐으니까요. 성매매할 때는 (나 자신에 대한 생각이) 늘 최악이었죠. 자존감이란 게 있었을지. 그런데 새날쉼터에서 전수진 선생님(전 서울시립금천여자중장기청소년쉼터 소장)을 만나고 달라졌죠.

어땠기에 그런가요?

선생님과 대화라는 걸 처음 해봤어요. '이게 대화란 거구나.' 싶었으니까요. 나를 궁금해하고, 내 마음이 어떤지 물어봐주는 사람이 처음이었어요. '너는 이런 걸 잘할 수 있는 것 같다.'라고 북돋워주기도 하셨죠. 내 감정을 느끼고 알아차릴 수 있게 됐어요. 예를 들어 '저 짜증 나요.'라고 하면 '네가 아니라 이런 상황 때문에 네 마음이 불편한 거야.'라고 설명해주셨어요. 선생님을 만나면서 관계

맺기, 의사소통 같은 걸 배웠어요. 자존감도 생겼죠. 그러니까 공장에서 부당한 처우를 당하고 화가 났던 거예요.

공장을 그만두고 쉼터에 들어간 건 학업 때문인가요?

네, 쉼터를 나온 뒤에도 선생님들과 연락은 하면서 지냈거든요. 마침 제가 예전에 쉼터를 나간 원인이 된 옛 친구들도 다 퇴소했다고 하고요.

전공은 뭐였나요?

상담심리학요. 어릴 때부터 심리학에 관심이 많았거든요. 사회복지학도 복수 전공했죠. 고등학교도 제대로 안 다녔고 대학이 뭘 하는 곳인지도 모르는 채 들어갔으니 모든 게 어려웠지만 열심히 공부했어요.

실제 상담할 기회도 생겼다. 현재 십대여성인권센터로 확장한 사이버또래상담실이 막 생긴 터였다.

비슷한 경험을 한 또래를 상담하니 어땠나요?

처음에는 알바한다고 생각했는데 하다 보니 바뀌더라고요. 나와 비슷한 처지의 사람들, 그들이 느끼는 감정을 해석하다 보면 그 속에서 제가 보이기도 하고요. 나중엔 이런 일을 하면서 내가 받은 걸 돌려주고 싶다는 사명감이 생기더라고요.

어떻게 잊어요, 내 삶인데

성매매하던 시절 몸을 뭐라고 생각했나요?

생각해본 적이 없었죠. 아무 생각이 없었어요. 몸이라기보다는 나 자신을 쓴다고 생각했죠. 나를 버려서 살아가는 느낌이었죠.

탈성매매는 의지의 문제인가요?

의지도 문제지만, 상황이 크죠. 성매매 현장을 벗어나서 쉼터에 가면 끝난다고 생각하기 쉽지만 그렇지 않거든요. 다들 성매매를 할 수밖에 없는 상황이 있어요. 그 환경이 모두 바뀌어야 해요. 탈성매매 한 직후에는 주변 인간관계도 모두 성매매와 관련된 사람들이거든요. 그 인간관계도 다 끊어야 해요. 나를 믿어주는 친구나 선생님 같은 인적 자원도 생겨야 하고요. 거기다 직장 같은 물리적 자원이 갖춰지기까지 오랜 시간이 걸릴 수밖에 없죠. 그러니 국가가 개입해야 해요.

본인도 오랜 시간이 걸렸겠군요.

한동안은 달라진 게 없다고 생각했어요. 20대 초반까지는 그때에 계속 머물러 있다고 느꼈죠. 뭉치 활동을 하는 것도 해소의 연장선이에요. 제가 대화라는 걸 할 수 있게 되면서 엄마와도 처음 대화했거든요. 그때 초등학교 때 성폭력을 당한 얘기도 처음으로 했어요. 엄마는 '왜 그때 얘기 안 했어.'라고 했죠. 내가 무슨 얘기를 하든 한 번도 들어준 적이 없는데 어떻게 말할 수 있었겠어요. 엄마는 '성매매도 잊고 살아라, 그럴 수 있다.'라고 하는데, 어떻게 잊고 살아요. 그 경험으로 내 청소년기가 몽땅 저당잡혔는데.

'내가 왜 이렇게 됐을까?' 하고 생각해본 적이 있나요?

결국 가족이 시작이죠. 내겐 아무런 사회적·정서적 지지가 없었어요. 자원이 하나도 없었죠. 없다는 것조차 모를 정도로. 어릴 땐 다 내 잘못이라고만 생각했죠.

뭉치 활동은 본인에게 어떤 의미인가요?

뭉치가 '무한발설'이라는 토크 콘서트를 하는 걸 본 적이 있어요. 성매매 경험 당사자로서 사람들 앞에서 강의하는 거예요. 멋있고 놀라웠어요. 저도 쉼터에 있을 때 연구자나 기자들과 인터뷰를 하면서 제 얘기를 한 적이 있어요. 그런데 인터뷰 대상인 나는 힘들고 불편했어요. 너무 불쌍한 사람으로 그려지거나 하나의 사례로 쓰였죠. 왜곡되기도 쉽고요.

그런데 뭉치 멤버들은 당사자로서 직접 말을 한 거군요.

맞아요. 그때 처음 깨달았어요. 당사자로서, 내 입으로 직접 '세상을 바꿔야 한다.'라고 말할 수 있다는걸. 그래서 뭉치에 들어갔어요.

나와 같은 경험을 한 사람들을 만난다는 건 어떤 느낌이었나요?

재미있었어요. 다른 사람들은 우리가 만나면 슬픈 얘기만 할 거라고 예상할지 모르겠지만, 아니에요. 언니들은 이미 한 단계 넘어선 사람들이거든요. 우리끼리 알아들을 수 있는 농담도 하고요. 그 자체가 '힐링'이었어요. 눈치 보지 않고 얘기할 수 있다는 것이 주는 힐링. 게다가 이 사람들은 내가 다 설명하지 않아도 알고요. '찐 공감'이란 거 있잖아요.

그것이 주는 의미가 컸겠네요.

내가 온전한 느낌이죠.

'온전한' 느낌요?

네, 항상 나는 그간 내 삶의 한 부분을 숨겨야 했어요. 나란 사람은 여러 경험을 했고, 그것이 모여서 내 정체성을 이루잖아요. 그런데 그 경험 중 성매매는 얘기할 수가 없거든요. 그걸 말 안 하려다 보면 말이 이상해져요. 연결이 안 되죠. 거짓말하기는 싫고요. 그러니 입을 다물게 돼요. 그런데 뭉치에선 다 말하고, 다 물어봐도 되잖아요. 그러니 온전한 느낌이 들더라고요.

뭉치는 2021년 11월에 단행본 《무한발설》을 냈다. 성매매 경험 당사자들의 말을 엮은 책이다. 안마방, 집결지, 섬 다방, 텐프로(룸살롱), 조건만남 같은 성매매 당사자 여성들이 현장을 적나라하게 드러낸다. 성매매의 실상이 무엇인지, 우리가 알아야 하는 성매매의 본질은 무엇인지, 왜 사회구조적인 문제인지 말한다. "성매매 현장에서 돈은 권력이고 절대 권력자는 구매자 남성"이기에 "돈으로 용인되는 폭력" 그것이 성매매라는 것이다. 최근엔 《무한발설》 일본판이 출간되기도 했다.

스스로 낙인을 찍게 만드는 사회

**당연한 질문으로 느껴지겠지만,
성매매에 반대하는 이유를 듣고 싶어요.**

다른 사람은 겪지 않았으면 좋겠어요. 어떤 느낌인지 상상이 될지 모르겠지만, 인간한테 너무 나빠요. '나는 인간이 아니다.'라고 낙인찍게 만드니까. 성폭력과 성매매를 다르게 보는 시선도 있는데 성을 착취한다는 본질은 같아요.

성매매는 개인의 실패인가요, 사회의 실패인가요?

국가의 실패로 생각하고 개입해야 해요. 대개 가정에서 정서적 유대를 쌓지 못하고 경제적으로도 힘들 때 성매매에 유입되거든요. 요즘 심각해지는 '그루밍 성폭력'도 그런 결핍을 파고드는 거예요. 그런 이들을 보듬고 자립할 수 있도록 돕는 복지 체계가 있다면 성매매를 할까요? 제가 만난 사람 중에 성매매를 하고 싶어서 한 사람은 없었어요.

**내년이면 '성매매 피해자 보호법', '성매매 처벌법'
제정 20년이 되는데, 아직도 성매매는 만연하고
이젠 디지털 성매매까지 극성이죠.**

산업이 돼버렸으니까요. '채팅 앱'도 남자가 쪽지를 보내려면 유료인 게 대부분이거든요. 집결지만 해도 그걸로 이득을 얻으며 먹고사는 생태계가 있고요. 성매매 피해자 지원은 잘돼 있지만, 성 구매자 처벌은 너무 약해요. 여성을 상품으로 만드는 데 방관하는 건 국가의 실패죠.

여성가족부와 한국여성인권진흥원이 펴낸《2022 성매매 피해 아동·청소년 지원센터 연차보고서》만 보더라도, 피해자의 약 80퍼센트는 채팅 앱, SNS 같은 온라인 경로로 성매매에 노출 됐다. 센터의 도움을 받은 피해자는 전년 대비 18.6퍼센트 증가 한 862명이었다. 이들 중 14~16세가 45.6퍼센트로 가장 많았고, 17~19세가 36.4퍼센트, 10~13세가 6.2퍼센트였다.

당사자 운동이 왜 필요한가요?

　　당사자가 참여하지 않는 운동이 방향을 제대로 잡을 수 있을까요? 당사자가 나서지 않으면 대상이 될 뿐이죠.

당사자로서 다른 당사자를 상담할 때 다른 점도 있겠고요.

　　이 사람이 어떤 마음일지, 어떤 상황일지 잘 알 수 있죠. 저는 다 지나왔잖아요. 특히 청소년의 경우에는 상담받으러 와서도 다 얘기하지 않거든요. 속으로는 '(상담자를 향해) 이렇게 추악한 세상이 있다는 걸 어떻게 알겠어.' 하는 거죠. 그런 때 제가 먼저 '혹시 이런 일이 있었어?'라고 말하면 깜짝 놀라면서 그제야 다 얘기를 해요.

본인 경험을 말하는 때도 있을 텐데 그럼 반응이 어떤가요?

아이들이 '내 인생은 다 끝난 줄 알았는데 쌤 이야기를 들으니까 나도 다르게 살 수 있겠구나 싶다.'라고 말하는 경우가 많아요. 아직 어린데도 스스로 낙인을 찍었던 거예요. 얼마든지 새롭게 시작할 수 있는 나이인데 그런 말을 하는 게 슬프죠. 나 역시 그랬어요. 저도 힘들었을 때 누군가 그런 말을 해줬다면 지푸라기라도 잡는 심정으로 더 일찍 빠져나왔을 것 같아요.

오랜 시간 하나하나 만들어온 나의 세계

대학원은 언제 진학했나요?

대학 졸업하고 여러 단체에서 활동가로 일했어요. 마음 한편에 공부를 계속하고 싶은 마음은 있었죠. 일단 연습 삼아 대학원에 지원해보자 싶어 원서를 넣었는데 된 거예요. 마침 엄마가 아빠와 이혼을 해서 엄마와 함께 지내면서 대학원에 다녔죠.

대학원 생활은 어땠나요?

처음엔 '현타(현실 자각 타임)'가 컸어요. 보통의 또래를 거의 처음 본 거예요. 대학원에 진학할 정도면 괜찮은 대학을 나와 부모의 안정적인 지원을 받는 학생이 대부분이잖아요. 저는 검정고시 출신에 대학도 사이버대학교를 나왔다고 얘기하면 다들 흠칫하더라고요. '나만 여기서 다른 사람이구나.' 싶었어요. 그러다가 온라인 성매매 관련 프로젝트를 따내면서 주위의 시선이 달라지는 걸 느꼈죠. 저한테 뭘 물어보기도 하고, 정보도 공유해주고요.

논문 주제는 아동과 청소년을 대상으로 한 디지털 성범죄였다. 그 논문을 발표하고 얼마 지나지 않아 'N번방 사건'이 터졌다. 매개만 달라졌을 뿐 그 역시 디지털 성범죄의 피해자다. 그 경험이 연구 전문성의 밑거름이 된 거다. 이 연구를 하면서 자신이 당했던 피해 역시 객관적으로 분석해볼 수 있게 됐을 테다.

대학원에 다니면서 또 변화한 게 있나요?

공부가 너무 힘들어서 포기하고 싶었지만 그러지 못하겠더라고요. 대학원에 다니는 것 자체만으로 내가 좋은 사람으로 비치는 걸 느꼈거든요. '보통의 내 또래는 이렇게 주위의 인정과 지지, 칭찬을 받으며 살아왔겠구나.' 하고 생각했죠. 석사 학위를 받고 나서는 활동가로 일하고 싶은 생각이 커졌어요.

돌아보면, 인생에서 가장 큰 실패는 뭐였나요?

가족과 가족에 대한 마음의 실패요. 어릴 때부터 사랑받고 싶었거든요. 그건 누구나 가진 마음일 거예요. 난 그런 보통의 가족을 갖지 못한다는 걸 받아들이기까지 힘들었어요. 그로 인해 많은 문제가 파생됐죠. '버디버디'도 결국 가족을 대체할 존재를 찾아 들어간 거고, 가출한 것도 마찬가지죠. 지금은 제게 전수진 선생님 같은 분들이 있어요. 원가족 간의 사랑은 아니지만 다른 모양의 사랑을 주고받을 수 있게 됐죠.

나만의 언어로 실패라는 단어를 정의한다면 뭘까요?

'실패는 인생에서 그렇게 크지 않다.' 실패는 늘 있는 거니까요. 예전엔 그러지 않았지만, 지금은 '실패하면 다시 하면 되지 뭐, 안 되면 말고.' 해요. 지금 내겐 실패해도 다시 해볼 수 있는 자원이 생겼잖아요.

그 실패의 경험이 준 '삶의 도'는 뭔가요?

'미리 포기하지 말아야겠다.'라는 것이죠. 저는 미리 포기한 게 많았거든요. 그런데 그럴 필요도, 이유도 없었어요. 그래서 상담 온 아이들한테도 '일단 해봐. 생각보다 잘될 수도 있어.'라고 말해요. 전 그 생각이 인생을 바꾼 게 아닐까 생각해요. 도전하지 않았다면 제가 어떻게 대학원을 가요. 원하는 대로, 꿈꾸는 대로 한번 해보는 것, 그게 참 중요하단 생각이 들어요.

탈성매매로 뭐가 바뀌었나요?

내가 사는 세계가 바뀌었죠. 물론 오랜 시간 하나하나 다 만들어야 했지만.

그 전환점은 언제일까요?

전수진 선생님을 만난 게 첫 터닝 포인트죠. 그 선생님이 아니었다면 저에게 '그다음'은 없었을 테니까. 선생님은 나를 알게 해줬어요. 내가 나 자신을 잘 만날 수 있게 해준 분이죠.

인터뷰 후에 그가 장문의 문자메시지를 보내왔다. "저는 모든 사람을 설득하고 싶지 않아요. 저는 제 이야기를 하는 것뿐이에요. '내 삶은 그랬다.'라고. 제 이야기를 듣고 누군가는 함께해 줄 것이고 누군가는 비난할 거예요. 그저 저는 지금보다 더 많은 사람이 제 곁에 서주길 바랄 뿐입니다. 제 이야기를 어떻게 들을지는 읽는 이들의 몫이겠죠. 저는 아무도 없는 외딴섬에서 함께할 사람들을 하나씩 만들어왔어요. 그렇기에 앞으로도 더 많은 사람과 함께 나아갈 수 있을 거라고 기대해요."

이 이야기의 마무리로 이보다 좋은 건 없을 듯하다.

죽으려던
시도마저
실패

282북스 대표 강미선

"저는 죽으려던 시도도 실패한 사람인데!"

이 한마디로 그를 만나고 싶은 생각이 들었다. 그에게 전화를 했던 건, 다른 용건 때문이었다. 그는 '282북스'의 대표다. '282북스'는 사회적 어려움을 겪는 청년을 위한 처방 프로그램을 만드는 예비 사회적 기업이다. 그가 했던 프로젝트 중 하나가 궁금해 연락을 한 거였다. 내가 하는 인터뷰의 취지를 설명하니 그는 웃으며 대뜸 저렇게 말했다. '아니, 이 사람은 어떤 사연이 있기에 그땐 그랬고, 지금은 이런 일을 하게 됐나?' 궁금했다. 그렇게 전화로 한참 이야기를 나누다 그에게 말했다. "이건 인터뷰로 들어야겠어요." 그렇게 잡은 인터뷰였다. 집 밖에 나가지도 못한 채 자신의 표현대로 자살마저 실패한 '은둔 청년'으로 살던 그는, 이젠 자신 같은 사람들과 어깨를 겯고 '우리 함께 살아보자.'라는 취지의 프로젝트를 한다. 사회가 실패자로 낙인찍는 이들의 경험을 예술 작품으로 만드는 일이다. 실패를 직면하고, 이를 예술로 승화하는 일. 그 과정에서 일어나는 치유에 그는 주목한다. 말하자면 '실패의 선순환'이다. 그래서 '282는 대체 뭔데?'란 궁금증이 남아있다면? 다음 장에 답이 있다.

'난 이런 것조차 실패한단 말이야?'

눈떠보니 욕실이었다. 한동안 기절한 듯했다. 한 달여 전, 같은 방식으로 목숨을 끊으려 했지만 실패. 다시 '치밀하게' 준비한 두 번째 시도였다. 눈물이 터져 나왔다. 왜 눈물이 나는지 알수도 없었다. 그저 자신이 불쌍하고 불쌍했다. '나는 뭘 해도 안되는구나.' 커다란 침대에 올라가 몸을 이리 돌려 울고, 저리 돌려서도 울었다. 26제곱미터(약 8평)짜리 원룸에 틀어박혀 나가지도 않고 지낸 지 이미 5개월쯤 지난 때였다.

얼마나 울었을까. 눈물도 더는 나오지 않았다. 그때 생각난 사람이 엄마. 전화를 걸었다. 엄마 목소리를 듣자마자 또 울음이 터졌다. "딸, 왜 그래?" 남원 사투리가 밴 익숙한 음성. 회사를 그만뒀다고, 나가지도 않고 은둔해 지낸 지 벌써 반년이 다 돼간다고, 딸은 차마 말할 수가 없었다. "회사에 …… 이상한 사람이 있어서. 어떻게 해야 할지 모르겠어." 딸의 말에 엄마는 말했다. "아이고, 누가 우리 딸을 힘들게 해쓰꼬. 나쁜 사람이네, 아주! 괜찮애, 괜찮애."

엄마와 통화를 끊고 나서 그런 생각이 들었다. '나 이렇게 살면 안 되겠구나.'

강미선(35) '282북스' 대표의 삶은 그 이전과 이후로 나뉜다. 그 이후의 그는 자신과 비슷한 시간을 보내는 청년들이 자신을 마주 볼 수 있도록 돕는 일을 하고 있다. 자신이 경험한 실패의 시간이 그 토대다. 282북스는 예술 기반 사회적 처방 프로그램을 만드는 예비 사회적 기업이다. 우리 사회 소수자들이 겪은 상처와 실패의 이야기를 예술 작품으로 풀어낸다. 그 과정 자체에 치유의 힘이 있다고 믿어서다. 그들이 만든 예술 작품은 사회를 향한 말하기이기도 하다. 2019년 8월 창업한 이래 청년 자살 시도자, 탈(脫)가정 청년, 암 경험자, 펫로스 증후군을 앓는 이들, 중도입국 청소년, 이주 배경 여성 등과 함께 프로젝트를 해왔다.

"'예술 기반 사회적 처방'이라는 말엔 제 경험이 모두 녹아 있어요." 그는 11년 전엔 자신을 두고 '자살마저 실패한 삶'이라고 규정했다. 지금은 실패를 직면하고, 그 실패를 삶의 이야기 꾸러미로 만드는 일을 한다. 지금 그는 이렇게 말한다. "난 내가 정말 멋있어."

그는 저마다의 이야기를 속살거리는 이파리(282)들의 숲을 꿈꾼다.

실패하고도 또 죽으려고 했다

왜 죽으려고 한 건가요?

이대로 사라져도 되겠구나 싶었어요. '죽어야지, 살지 말아야지.' 이런 대단한 결심을 한 게 아니라, 자연스럽게 그렇게 흘러가더라고요.

무슨 일이 있었나요?

대학에서 공연 기획을 전공했어요. 공연을 정말 좋아했

죠. 졸업하고 대학로에서 일했는데, 현실은 내 생각과 너무 다르더라고요. 잠도 제대로 못 자며 일하는데, 돈을 벌지 못했어요. 공연판의 선배들이 내 미래라고 생각하니 아득하더라고요. 1년 정도 일하다가 그만두고 인터넷 동영상 콘텐츠 서비스 업체에 들어갔어요. 당시 주목받던 회사였는데, 운이 좋게도 합격했죠. 1년 반 동안 웹 서비스 기획 업무를 했는데 이번엔 재미도, 보람도 없는 거예요.

꿈을 좇았더니 현실의 벽에 가로막히고,
현실을 따랐더니 이상이 충족되지 않은 거군요.

그러니 삶의 고민에 직면한 거예요. 난 어떻게 살아야 하나 싶었죠. 답을 못 찾았어요. 그 상태로 회사를 다니기도 괴로워서 결국 그만뒀죠. 그러곤 마지막 월급을 어린이 구호단체에 기부했어요. 그나마 좀 뿌듯하더라고요.

기부로 내가 번 돈의 가치를
확인받아야 할 정도로 보람이 없었나요?

그랬어요. 월급의 의미를 모르겠더라고요. 그래서 기부를 한 건데 그걸로도 채워지지 않았죠.

그 뒤로 어떻게 했나요?

대책 없이 퇴사하고는 집 밖으로 안 나갔어요. '나가지 말아야지.'라고 마음먹은 것도 아닌데, 시간이 지나고 보니 집에서만 지내고 있더라고요. 세상과 그렇게 단절된 거죠.

그러다가 목숨을 끊을 시도까지 한 건가요?

어느 순간 '이렇게 살아 뭐 하나. 사라지면 되겠다.' 싶더라고요. 내가 '잉여'(인간)처럼 느껴졌죠. 그래서 시도했는데 안 됐어요. 그러고 나니 좌절감이 더 깊어지더라고요. '죽는 것도 마음대로 하지 못하는 사람이 된 건가.' 싶어서. 한 달이 채 지나지 않아 또 시도했는데 이번에도 실패한 거예요. 잘 기억나지 않는데 며칠 동안 울기만 했죠.

그때 엄마와 통화를 한 뒤 정신이 번쩍 든 거다. '내가 엄마한테까지 거짓말을 하고 있네. 나 이렇게 살면 안 되겠다.' 자기 자신을 바라보게 되면서다.

그 뒤로 어떻게 했나요?

일단 돈이 없으니까 돈을 만들자 싶었죠. 둘러보니 집에 책이 많더라고요. 중고 서점에 팔려고 정리하면서 들추다가 책을 계속 읽게 됐죠. 다 제가 좋아한 책들이니까. 그러다가 쓰기 시작했어요. 문학적인 글쓰기라기보다는 배설에 가까운 글이었죠. 옆집에서 들리는 예초기 소리가 지겹다고도 쓰고, 잔소리 많던 동네 할머니가 싫다고도 쓰고요. 책 보고 글을 쓰면서 몇 개월이 순식간에 지나갔어요.

왜 책과 글이었나요?

앞으로 어떻게 살지 생각해보니, 거창한 목표가 필요 없
더라고요. 먼 미래 말고 눈떴을 때 당장 오늘 하고 싶은
걸 하기로 마음먹었죠. 그때는 그게 책 읽고 글 쓰는 거였
어요.

그렇게 사니 어땠나요?

마음이 서서히 나아지더라고요. 어릴 때 책 읽기, 글쓰기
를 참 좋아했거든요. '산책도 나가볼까?' 싶은 마음도 들
고요. 문고리조차 잡지 못했는데 말이죠. 그러다 아주 오
랜만에 친구를 만나면서 내가 어떤 모습인지 알게 됐어요.

어떤 친구요?

보험 영업을 하는 친구였는데, 한두 번 대충 핑계를 대면
서 미뤘는데 꾸준하게 연락이 오더라고요. 그 친구를 만
난 게 거의 1년 만에 제대로 한 외출이었죠. 저를 보더니
친구가 그러는 거예요. 머리칼이 왜 이렇게 됐냐고요.

친구 말에 미용실 거울 앞에 앉는 순간, 아주 낯선 자신과 마
주했다. 머리칼은 조선시대에서 건너온 듯 허리 근처까지 길었
다. 몸도 엄청 불어있었다. 12킬로그램이나 쪘다는 걸 그때 알았
다. 마음이 우울하면 안 먹거나 폭식한다는데, 그는 후자였다. 밑
빠진 독처럼 허기가 졌던 거다. 자존감의 결핍이 음식으로 채워

질 리가. 세상과 단절돼 있는 동안 그런 악순환이 반복됐다. 머리칼을 자른 뒤 집에 돌아가자 그제야 보였다. 쓰레기장 같은 집 안이. 전등도 켜지 않고 살았기에 그간엔 알 수가 없었다. 마음의 불이 켜지자, 주변도 눈에 들어오게 된 거다.

그때 느낀 건 뭔가요?

나를 놔버리는 게 제일 위험하다는 거요. 내가 나를 보지 않으니 남하고도 관계를 맺을 수 없었던 거죠.

나는 쓸모 있는 존재일까요?

행동반경이 서서히 넓어졌다. 책을 빌리러 다닌 동네 작은 도서관에서 새로운 이야기가 시작됐다. 봉사 활동을 하면서다. 도서관에서 그에게 학교폭력 피해 경험이 있는 청소년과 글쓰기를 해보면 어떻겠냐고 제안한 것이다. 처음부터 잘되진 않았다. 열댓 명과 시작했는데, 마지막까지 함께한 아이는 세 명 정도였다. 나쁘지 않았다. 그 덕에 더 깊게 얘기를 나누고 글을 쓸 수 있었다. 아이들은 글에 지금의 마음을 담았다.

학생들의 글이 어땠나요?

정제돼 있지 않아 거칠고 날카로웠지만 마음에 와닿는 글이었어요. 혼자 보기 아깝더라고요. 아이들에게 다른 사람도 볼 수 있게 '포스트잇'에 써서 거리에 붙이면 어떻겠냐고 제안했어요. 처음엔 거부하더라고요. 이 글이 같은 처지의 친구들에게 위로가 될 것 같다고 설득했죠. 물론 이름 같은 신원은 드러내지 않을 거라고 약속했고요.

그는 학생들의 글을 가해 학생이 다니는 학교 근처 담벼락이나 전봇대에 테이프를 활용해 붙였다. 오가다 떨어진 걸 보면 다시 붙여두기도 했다. 일주일쯤 지났는데 낯선 학생이 찾아왔다.

누구였나요?

제가 오가면서 포스트잇을 붙이는 걸 보고 찾아온 학생이었어요. 포스트잇에 적힌 (따돌림 가해) 글이 자기 이야기 같다면서. 알고 보니 한 학생을 중학교 시절 따돌림으로 가해한 학생이었어요. 자기가 피해를 준 친구를 만나고 싶어 했어요. 조심스럽게 그 글을 쓴 학생에게 물어보니 만나겠다고 하더라고요. 혹시나 돌발 상황이 생길까 봐 관장님과 지근거리에서 지켜봤죠. 오후 4시 반쯤부터 저녁 식사 즈음까지 둘이서 두 시간 넘게 얘기를 하더라고요.

가해 학생이 말했다. "나는 아직도 네가 그렇게 힘들어하는 줄 몰랐어. 미안해." 피해를 당했던 학생도 자기가 하고 싶은 말을 다 하는 눈치였다.

그 뒤로 변화가 있던가요?

그 친구가 쓰는 글의 분위기가 달라졌죠. 전에는 자기를 비하하는 내용을 쓰거나 소설을 써도 아주 폭력적인 내용이 많았거든요. 그런데 그 후부터는 재미있는 글도 쓰고 농담도 넣더라고요. '글쓰기가 치유에 도움이 되는구나.' 하고 생각했죠.

그때 많은 걸 느꼈겠어요.

글쓰기로 속마음을 풀어내는 일을 하면 좋겠다는 생각이 들었어요. 나만의 집에 갇혀서 자기 이야기를 하지 못하는 사람들이 있을 텐데 자기 이야기를 풀어낼 방법을 찾아주는 일을 하고 싶어졌죠. 저도 우울증으로 정신건강의학과 치료를 병행했지만, 글쓰기가 지닌 힘을 누구보다 잘 알았으니까요. 도서관 활동으로 끊어졌던 사회적 관계를 다시 맺기 시작하면서 내가 쓸모 있는 존재라는 생각도 하게 됐어요. 회사 다닐 땐 쓰임을 다하면 버려질 존재라고 느꼈거든요.

뎅기열이 가져다준 시작

그는 '오늘 하고 싶은 일을 하자.'라는 생각을 실천에 옮겼다. 5년 동안 문화 관련 비영리법인, 사회적 기업, 비정부기구(NGO)

등에서 일했다. 창업하게 된 계기는 뎅기열이었다. 당시 다녔던 NGO에서 첫 해외 현장 활동 파견을 갔다가 뎅기열에 걸린 거다. 뎅기열은 아직 백신이나 항바이러스제가 없다. 대증요법으로 치료하는 게 최선이다.

왜 뎅기열 감염이 계기가 됐나요?

> 감염내과 병동 다인실에 입원해 있는 동안 공교롭게도 다른 환자의 죽음을 여러 번 봤어요. 그때 삶과 죽음을 생각하게 됐죠. 미루지 말고 하고 싶은 건 바로 하자고 결심했어요.

2019년 8월, 그는 282북스를 만들었다. 사회적 기업에서 일해본 경험이 창업하는 데 도움이 됐다.

282북스를 설명하는 문구가
'예술 기반 사회적 처방 프로그램'을 만드는 회사예요.
처방의 핵심을 이야기라고 본 건가요?

> 제 경험이 다 녹아있는 단어들이죠. 이야기가 가진 힘이 굉장히 크다고 생각했어요. 이야기 하나가 다양한 콘텐츠를 만들 수 있는 밑거름이 되기도 하고요. 이야기가 없는 사람은 없잖아요. 저는 사람들이 자기 이야기를 풀어내도록 도울 뿐이죠.

그래서 282북스가 운영하는 모든 프로그램은 글쓰기에서 시작한다. 글로 자신의 이야기를 정리한 뒤 그걸 바탕으로 그림, 사진, 춤 같은 다양한 예술 콘텐츠를 만들어낸다. 암 경험자를 대상으로 한 프로그램인 '암어모델(I AM A MODEL)'은 패션쇼로 대미를 장식했다. 이들의 사진으로 화보 달력도 만들었다. 암으로 멈췄던 삶의 걸음을 다시 걷는 이들을 응원하고, 사회의 편견도 완화하고자 하는 의미를 담았다.

결국은 치유에 이르는 게 목적인 거지요?

예술의 기능 중에 치유가 있잖아요. 예술 작품을 보는 것으로 치유를 얻기도 하지만 창작하면서 치유되기도 하거든요. 예술을 매개로 한 선순환이죠.

글쓰기가 기본이라고 했는데, 참여자들의 반응은 어떤가요?

자기 이야기를 글로 정리하면 객관화가 되거든요. 머릿속으로 생각만 하는 것과 글로 쓰는 건 다르죠. 거기서 시작돼요. 일단 내가 무슨 이야기를 하고 싶은지 알아야 하니까. 내가 겪었던 혼란의 시간도 그것 때문이었죠.

기억에 남는 프로젝트는 뭔가요?

정말 하고 싶어서 오래 묵혀뒀다 한 프로젝트가 있어요. 저와 비슷한 경험을 한 자살 시도자를 위한 프로그램이에요. '메리골드의 꽃말을 아나요?'란 제목이죠. 정말 하고 싶은데 어떻게 해야 할지 고민이 많았어요. 제가 경험자이기도 하지만, 대학 때 자살한 친구에게 지닌 마음의 빛 때문이기도 했어요. 그 친구가 보낸 신호를 알아차리지 못했죠.

**왜 프로젝트 이름을
'메리골드의 꽃말을 아나요?'라고 지었나요?**

처음 생각한 이름은 '내 꿈은 자연사'였어요. 그런데 동명의 책이 있더라고요. 고민하던 중에 메리골드의 꽃말을 알게 됐어요. '반드시 오고야 말 행복'이거든요. 의미가 좋더라고요. 꽃씨를 사다가 화분에 심고 볕이 잘 드는 곳에 뒀어요. 물도 열심히 줬죠. 며칠 뒤 줄기가 올라오는데 무순처럼 너무 약한 거예요. 그렇잖아도 걱정스러웠는데 어느 날 툭 쓰러지더라고요. 그래도 버리지 않고 줄기를 더 깊이 잘 심어봤어요. 그러곤 창가에 두고 일이 바빠서 잘 보살피질 못했죠. 물도 생각날 때만 한 번씩 주고요. 그런데 이번엔 줄기가 엄청 굵어지더니 건강하게 잘 자라는 거예요.

왜 그런 거죠?

생각해보니 바람 때문이었어요. 처음엔 애지중지하면서 창문도 잘 열지 않았거든요. 다시 깊이 심고 나선 창을 열든 닫든 신경 쓰지 않았거든요. 이른바 '빌딩풍'이 거센 곳이었는데 그걸 이겨내려고 뿌리도 더 깊이 내리고 줄기도 굵어진 것 아닌가 해요. 이 프로젝트의 취지가 생각났죠. 죽으려고까지 마음먹었던 시련은 나를 더 강하게 만드는 비바람이며, 그걸 견뎌 오늘을 맞게 된 것이란 의미를 담아 메리골드를 넣어서 이름을 지었죠. '당신은 더 강해져서 당신만의 꽃을 피울 것이다. 또다시 비바람에 쓰러져도 더 굵어진 줄기로 일어설 수 있다.'라는.

자살 시도자들은 어떻게 모았나요?

서울시 청년 프로젝트 사업으로 선정되면서 하게 됐어요. SNS나 포스터로 참여자를 모았고요. 홍보 콘텐츠 중에 제가 자살 시도 경험을 얘기하면서 이 프로젝트의 취지를 설명하는 영상이 있었는데 그걸 보고 많이 지원했더라고요.

비슷한 경험을 한 사람이 만든 프로젝트라는 신뢰감을 줄 수 있었겠네요. 얼마나 신청했나요?

예순 명 정도 지원했는데 그중 열두 명을 선정했어요. 한 명씩 온라인이나 오프라인으로 인터뷰를 한 뒤에 정했죠. 자기 이야기를 풀어내는 방법을 모르는 사람 위주로 추렸어요. 예를 들어, 춤을 추거나 연기를 하는 사람은 그래도 자기 이야기를 하는 도구가 있으니까요.

8주간의 프로그램은 이랬다. 글쓰기로 자기가 하고 싶은 이야기를 정리한 뒤, 배우와 함께 감정을 표현하는 방법을 연습한다. 자신의 감정을 들여다보고 세분화해 적어보는 '감정 이름장'도 만들어본다. 프로그램 마지막에 자기 자신을 상징하는 오브제를 하나씩 선정해 함께 사진을 찍고 그것으로 전시도 열었다. 그들의 사진과 글은 단행본 《메리골드의 꽃말을 아나요?》로 출간됐다.

참가자들의 반응이 어땠나요?

후기 중에 '너무 좋았다.'라는 말이 기억에 남아요. 그 말이 제일 좋더라고요. 무엇보다 참가자 열두 명 중 이탈자가 없었어요. 워크숍은 8주간 했지만, 이후 사진을 찍고 전시한 기간까지 따지면 5, 6개월 동안 이어진 프로그램이거든요. 그런데 중도 하차한 사람 없이 전원이 끝까지 함께한 게 이 프로젝트의 효과를 증명한 것 아닌가 싶어요.

변화도 느껴졌나요?

예를 들어, 초등학교 때부터 아동 우울증으로 입원 치료를 받은 참가자가 있었어요. 중학교 때 자퇴해서 친구도 없고요. 입·퇴원을 반복하면서 또래 관계를 제대로 맺지 못한 거죠. 그렇게 고립돼 지내다 이 프로그램에 참여하면서 비슷한 경험을 한 친구들을 만나 달라진 거죠. 말도 많아지고, 감정 표현도 하고요.

그 프로젝트가 본인에게도 참 의미 깊었겠네요.

마치고 나서 엄청 울었어요. '하길 정말 잘했다.'라는 생각이 들었죠. 앞으로도 2차, 3차 계속하고 싶어요. 그만큼 필요한 프로젝트예요. 자살은 한 번으로 끝나지 않는 경우가 많고, 재시도했을 때 성공 확률이 더 높아지거든요. 그런데 대개 사회에서 자살한 사람들은 위로하고 동정하면서 자살 시도를 했던 사람들에게는 '나약하다'면서 손가락질하죠. 그러니까 자살 시도자들은 입을 닫게 돼요. 그러면서 속으로는 정서적 자살 시도를 계속하는 경우가 많고요. 그런 힘겨운 상태를 견디고 있다는 걸 그들이 만든 콘텐츠가 보여주죠. 그 콘텐츠는 우리 사회가 자살 시도자들에게 갖는 부정적 시선이나 편견을 버리고 공감할 수 있도록 돕는 소통의 도구이기도 해요.

실패한 프로젝트는 없나요?

실패라면 실패한 건데요. (웃음) '플레이더월드'라는 프로젝트예요. 청년 사회 혁신가들을 대상으로 한 프로그램이죠. 사회적 기업을 하는 청년을 모아 우리가 이야기하는 사회적 가치를 소리로 치환해 합주로 만들어보자는 취지였어요. 그런데 워낙 바쁜 사람들이라는 게 문제였어요. 열 명으로 시작했다가 나중엔 네 명만이 남게 됐죠. 그래도 좌절하지 않았어요. (웃음) 네 명이 밴드를 했고 영상 콘텐츠를 만들었죠.

우리가 존재할 필요가 없는 사회

**282북스는 결국 우리 사회가 실패자로 낙인찍는 이들의
경험을 예술 작품으로 만들어내는 일을 하고 있다는 생각이 들어요.**

맞아요. 창업 초기엔 참여자들의 변화를 보면서 신이 났
는데, 해를 거듭할수록 '우리 사회 곳곳에서 실패를 경험
하고 일어서지 못하는 사람들이 이렇게 많구나.' 싶어 버
겁기도 했죠. 그래서 우리 회사를 소개할 때 '없어지기 위
해 존재하는 회사'라고 설명해요.

운영은 어떻게 하나요?

정부나 지방자치단체, 사회복지 기관, 기업들의 지원 사
업에 응모해 프로그램 운영비를 지원받아요. 그렇기에 참
가자들은 무료로 참여할 수 있죠. 282북스의 프로그램을
다른 단체나 기업에 최적화해서 팔기도 하고요. 상근 직
원은 저와 디자이너가 있고, 프로젝트마다 함께할 팀을
새로이 짜서 운영하죠. 프로젝트가 끝나면 콘텐츠를 판매
해 수익을 얻기도 하고요. 그래도 운영자금이 부족한 게
가장 힘들죠.

282북스의 목표는 뭔가요?

우리 사회 소수 그룹에는 말하는 방법을 찾게 하고, 공동
체엔 소수 그룹의 이야기를 듣는 힘을 기르게 하고 싶어

요. 궁극적으로는 우리 같은 회사가 존재할 필요가 없어지는 사회를 꿈꾸죠. (미소)

그를 만난 곳은 282북스가 2023년 3월 만든 '282살롱 선유도 사유의 공간'이다. 서울 영등포구에 있다. 282북스가 제안하는 주제를 두고 생각하고 다양한 콘텐츠로 이를 정리해볼 수 있는 곳이다. 사유의 길라잡이가 되는 책, 그림, 영상, 음악이 곳곳에 있다. 282북스가 운영하는 멤버십 프로그램에 참여해도 되고, 장소를 대여해 쓸 수도 있다. "프로젝트를 하면서 이런 의문이 들었어요. '우리가 이런 이야기를 하긴 하지만, 공동체가 과연 이

걸 들어줄 수 있을까?' 하는. 타인의 말을 듣는 힘도 길러야 사회
가 건강하게 순환되지 않겠나 싶어 만든 공간이죠.

생각보다 꿈이 크네요.(웃음)

엄청 커요! 하하. 뭐든 못 하겠습니까. 저는 뭐든 할 수 있
는 사람이니까요.

무슨 뜻인가요?

내 기준으로 끝을 봤으니까요. 내가 갈 수 있는 끝에 가봤
으니까요. 나와의 관계마저 끊으려고 했던 사람이잖아요.
지금의 저는 그럴 생각이 없어요. 언제가 될지 모르지만
내가 나를 보내줄 때는, 나를 아주 사랑하는 상태에서 아
름답게 이별하고 싶어요.

인생의 모든 게 다 실패로 느껴지던 시기를 지나 여기까지 왔네요.
그런 강미선만의 언어로 실패를 새로이 정의해본다면 뭘까요?

실타래를 실패라고도 하잖아요. 실패와 실패(失敗)가 동
음이라는 데 착안해서 실패를 '실패들의 묶음'이라고 생
각해봤어요. 그 실패의 경험을 한 올씩 풀어내면서 새로
운 무언가를 만들어낼 수 있는 것 아닐까요. 제가 그랬잖
아요. 자살 시도가 또 다른 시작이 돼서 이런 의미 있는
일을 하고 있으니.

그 실패의 경험들이 준 '삶의 도'는 무엇인가요?

내 삶을 살아야겠다고 결심했을 때 가진 생각요! '오늘 하고 싶은 건 오늘 하자.' 이 회사도 어느 날 눈을 떴을 때 하고 싶지 않으면 그만둘지도 모르죠. 오늘 아침 일어났을 때 이 일을 하고 싶어서 하고 있어요. 너무 먼 미래의 무언가를 꿈꾸면 지치고, 옛날 일을 생각하면 힘든 것만 떠오를 것 같거든요. 지금 저는 282북스를 운영하면서 제가 세상에 하고 싶은 이야기를 하고 있어요.

282북스의 282는 이파리를 표현한 숫자다. 발음이 같은 데서 따온 것이다. 숲을 이루는 가장 작은 단위인 이파리, 그 이파리들의 이야기에 주목한다는 의미를 담았다. 그가 말했다. "작은 이파리들이 모여 나무가 되고 숲을 이루잖아요. 우리가 만든 이야기 숲에서 말하고 듣고, 또 자기만의 방식으로 쉬고 즐기다 가세요!"

이파리의 이야기를 들을 준비를 할 차례다.

실패를 껴안고
나아간 이들의 우주

18년 차 마약
회복자입니다

중독재활시설 원장 **한부식**

사투리도 한 사람의 인생이다. 그가 살아온 환경뿐 아니라 성격, 시간, 웃음과 눈물 같은 것들이 배어있다고 느껴서다. 한부식 원장의 경남 사투리엔 유독 그가 잘 담겨있었다. 그의 말투를 그대로 살리고 싶어 녹음 파일을 듣고 또 들으며 인터뷰를 썼다. 워낙 영화 같은 인생을 살아서다. 마약에 중독돼 인생의 밑바닥, 아니 그의 표현대로 '지옥 같은 세상'에 다녀왔으니 오죽하겠나. 게다가 과거 일화를 마치 재현하듯 울고 웃으며 말해준 덕분에 그의 얘기에 푹 빠져 인터뷰를 했다. 다섯 시간 가까이 한 인터뷰가 마치 한 덩어리처럼 느껴졌다. 그는 이젠 중독자들의 회복과 자활을 돕는 일을 한다. '중독'을 화두로 박사 학위 과정도 밟고 있다. 굳이 학교에서 인정받지 않아도, 몸소 체험하고 공부하고 부딪히고 빠져나왔으니 그의 삶 자체가 이미 마약에 관해선 박사나 다름없다. 그의 삶은 웬만한 영화 못지않은 반전의 연속이다. 주인공은 버텼고, 끝까지 살아남았다. 그리고 마침내 웃었다. 마약으로 잃어버린 건 자기 자신이었다는 걸 절실히 알기에 떳떳하게 사는 지금이 눈물겹게 감사하다는 그의 말에 마음속에서 절로 박수가 나왔다. 실패했을지라도 버티고 버텨서 얻은 행복이다.

"내는 그럽니다. 한번 중독자는 영원한 중독자다. 대신 (중독에서) 회복할 수는 있어예. 평생 관리를 한다고 마음먹어야 합니다."

그가 아직도 자신을 '중독자'라고 할 줄은 예상하지 못했다. 마약을 끊은 지 17년이 된 사람이다. 이 정도면 마약에서 자유로워졌다고 말하지 않을까 기대했지만, 틀렸다. 한번 맛 들인 마약의 힘은 섬뜩했다. "중독은 죽어서도 끝이 안 난다고 생각될 정도"라고 했다.

그러나 이것 또한 그는 장담한다. "(중독에서) 분명히 회복할 수 있다."라고. 그의 인생이 그걸 증명한다. 15년을 마약중독자로 살았지만, 지금 정반대의 인생을 개척해나가고 있으니까. 그는 마약이나 알코올 중독자들이 늪에서 헤어 나오도록 돕는다. 이 일을 하려고 학사부터 시작해 석사 학위를 따고, 박사과정까지 밟고 있다. 중독자라서 잘할 수 있고, 해야 하는 일이라고 믿는다.

반전의 인생을 살기까지 쉽지 않았다. 골방에 4년이나 틀어박혀 필로폰만 하며 살던 시절이 있었고, 구치소에도 두 번 다녀왔으며, 이른바 '일수 도장' 받는 고리대금업으로 큰돈을 벌었지만 마약 때문에 탕진하기도 했다. 중독자로 살았을 때 세상은 지옥이었다. 지금도 하루에 열두 번씩 마약이 생각나지만 참는 이유다.

그는 종종 지옥 이전의 삶을 떠올린다. 죽을 만큼 패는 알코올중독자 형을 피해 홀로 살지 않았더라면. 중학교 시절 축구를 하고 싶다고 말했을 때, 아버지가 매질이 아니라 해보라고 격려해 줬더라면. 대마초나 필로폰을 놀이쯤으로 여긴 친구들을 만나지 않았더라면. 그는 "마약으로 잃어버린 건 내 (젊은 시절의) 인생" 이라고 말했다.

그래도 그는 자신의 삶을 두고 '실패'라고 말하지 않았다. 이 실패연대기의 끝은 '행복'이다. 그의 입에서 쏟아져 나오는 얘기들은 무엇 하나 예측 가능한 게 없었다. 그래서 펄떡거렸다.

마약중독자이자 회복자 한부식(56), 그가 써가고 있는 '희망연대기'의 시작은 이렇다.

고등학교, 시작은 대마초

우리 때는 흔했어예. 고등학교 1학년 때 같이 놀던 친구들이 대마초를 갖고 와가 한 거지예. 고3이 되니까 '히로뽕(필로폰)'을 주더니 한번 해보라 카데예.

하필이면, 경남 밀양의 가족 곁을 떠나 부산에서 혼자 학교를 다녀야 했다. 그의 나이 불과 열두 살, 초등학교 5학년 때다. 스무 살 차이 나는 형은 부모에, 어린 그까지 때려댔다. 넉넉지 않은 형편에 부친이 논까지 팔아 대준 장사 밑천을 다 날려먹고선 매일 술이요, 술만 마시면 눈에 뵈는 게 없었다. 보다 못한 모친이 그를 살리려 부산으로 유학을 보냈다.

대도시 부산에 가니, 자꾸만 기가 죽었다. 아무리 뜯어봐도 자신은 그저 '밀양 촌놈'이었다. 어머니는 1년 가야 한두 번 얼굴 보러 오는 게 고작이었다. "부식아, 내가 누구를 믿고 살겠노. 니 땜에 살지. 지금처럼 공부해가 판검사 돼야 한데이." 머리로는 어머니의 심정을 알았지만, 현실은 외롭고 서러웠다. 버려진 기분, 그거였다. 어머니는 멀었고, '깡패' 친구들은 가까웠다. 그의 자취방은 그들의 놀이방이 됐다. 중학교 때 술과 담배를 배웠다. 공부보다 주먹질이 위로였다. 다른 학교로 원정까지 다니며 싸웠다.

고1 때쯤 됐을 거라예. 친구들이 방에 놀러 와서 대마초를 하는 거라예. 뭐 별것도 없더라고예.

친구들 따라 플라스틱 요구르트 병으로 해본 게 마약의 시작이었다. 고3이 돼선 필로폰까지 맞았다. 대마초와는 차원이 달랐다.

그때부터 시작된 거라예.

그래도 그때는 필로폰을 맞지 않으면 안 되는 상태는 아니었다. '이러다간 정말 큰일 나겠다.' 덜컥 겁도 났다. 때마침 군대라는 '대피소'가 있었다. 서둘러 지원해 입대했다.

군 복무 30개월 중 28개월을 잘 버텼다. 필로폰 따위는 잊어버리고 살았다. 제대를 두 달 앞두고 나간 말년 휴가 전까지는. 또 친구들이 문제였다.

우연히 중학교 동창들을 만났어예. '친구야, 휴가 나왔나'
해가 같이 술 한잔 먹다 또 히로뽕을 맞은 기라예. 우리끼
리는 '한 짝대기'라 카는데, 히로뽕을 주사기에 하나 담
아가 한 짝대기 부대에 갖고 들어간 거라예.

약을 맞으면 잠이 오지 않는다. 일주일 동안 불침번 '말뚝 근무'
를 자처했다. 제대할 때쯤엔 금단증상이 나타났다. 불안하고 툭
하면 짜증이 솟구쳐 올랐다.

쫄따구를 두드려 패기 시작한 거라예. 그것도 가둬놓고.
내가 그런 일을 저지를지 몰랐어예. 그때까지 군에서 누
구를 때려본 적이 없었거든예.

성탄절을 앞두고 그에게 온 우편물 일부가 없어진 게 화근이
됐다.

아들을 집합시켰는데 안 온 아한테 '이제 말년이라고 안
오냐.'면서 뚜껑이 열려 막 팼어예. 지금도 죄책감이 들고
너무 미안해예.

그는 35년 전 자신을 돌아보며 말한다.

그때 이미 마약 때문에 충동조절장애가 생긴 거라예. 한번

화가 나면 '스돕'(스톱)을 몬 해요. 그때는 그걸 몰랐어예.

마약은 그를 서서히 망쳐가고 있었다.

큰돈을 벌어 마약도 통 크게

우여곡절 끝에 군을 제대했다. 집에 돌아갈 생각하니 걱정부터 앞섰다. 환갑을 훨씬 넘긴 어머니가 노점상으로 생계를 책임지고 있었다. 태어나 처음 결심했다. '돈 되는 일은 다 해야겠다.'

맥주 공장에 가서 병을 나르고, 밤에는 대리운전을 했다. 부동산 중개업소에서 아르바이트도 했다. 언제까지 일용직 노동만 할 수는 없었다. 어느 날 지인이 일수 일을 해보겠냐고 했다. 말하자면, 고리대금업이다. 수완만 좋으면 한 달에 버는 돈이 꽤 된다고 했다. 솔깃했지만, 입사비가 있었다. 일수 이자를 들고 도망가는 걸 막으려 입사할 때 회사에 맡겨두는 보증금 같은 돈이다. 그간 모아놓은 돈 1,000만 원에다 아버지에게 빌린 200만 원을 더해 입사비를 마련했다.

수금 첫날, 그에게 주어진 관할구역은 부산 남천동부터 광안리, 민락동, 수영로터리까지였다. 모두 40계좌, 그러니까 40명한테 들러 일수 이자를 받으면 됐다. 간간이 홍보 명함도 뿌리면서. 그런데 첫날부터 사고가 났다. 작은 화장품 가게 여자 주인이 오후에 오라더니, 오후에는 다음 날 오라며 버텼다.

결국 쌍욕을 해가며 싸워서 돈을 받아냈어예. 버스 타고 집에 가는데 그렇게 눈물이 나더라고예. 이렇게까지 해서 돈을 벌어야 하나 싶고.

다음 날 그만두겠다고 말해야 했는데 차마 입이 안 떨어졌다. 그렇게 일주일이 지나고 한 달이 흘렀다.

월급 타고 나니까 이제 할 만하더라고예. 거친 말도 입에 착착 달라붙고.

요령도 생겼다. 한 달에 600만 원까지 손에 쥐게 됐다. 일취월장한 그에게 사장이 "사무실을 대신 맡아달라. 내 막냇동생만 먹고 살게 해주면 된다."라고 제안했다. 어차피 실무는 그가 꽉 잡고 있었다. 직원이 32명이었으니 작은 규모가 아니었다. 사장은 실무에서 손을 떼고 그가 사무실을 이끌기 시작했다. 버는 돈의 규모도 커졌다. 돈이 생기니 사달도 따라왔다.

양정동으로 사무실을 옮겼는데 거기가 내가 예전에 살던 동네라예. 거기서 깡패 짓하던 중학교 동창들을 우연히 만나게 된 거라예.

인사로 건넸던 "친구야, 사무실 한번 놀러온나."란 말이 그런 결과로 이어질 줄은.

이 친구들이 내가 돈 좀 버는 걸 아니까, 돈을 빌려달라 카는 거라예. '가게 할라 카는데, 돈 좀 대주면 안 되겠나.' 그럼 바로 돈을 내주고 하니까 친구들이 고맙잖아요. 그러니까 약을 주고 가는 거라예. '이거 써라.' 카믄서. 내가 또 그걸 받아가 어느새 하고 있는 거라예.

한동안 놓았던 필로폰이었다.

할 건가, 말 건가 고민도 안 들었어예. 경제적으로 성공했으니까 간이 커진 거라예. '내는 이제 이런 거 정도는 해도 된다.' 카는. '이런 거는 돈을 많이 번 내 정도 되니까 하는 거지 일반인들이 할 수 있겠나.' 그런 인식이 생기기 시작한 거라예.

약이 떨어지면 불안해지기 시작했다. "친구야, (필로폰) 좀 갖고 온나." "없다." "없는 게 말이 되나, 빨리 구해봐라." 고작 며칠을 참기 힘들어졌다. 욕을 하고 협박을 하다, 나중엔 사정하는 지경에 이르렀다. 중독된 것이다. 구해달라는 필로폰의 양도 많아졌다. 돈을 떼이기도 했다.

그러다 첫 징역살이를 간 거라예. 생각해보믄, 아마 그때 내가 약하는 거는 동네 사람들이 다 알았던 거 같애. 근데 잡히기 전까지 나는 히로뽕을 하는 게 죄가 아닌 줄 알았어예. 단순하게 내가 내 돈 갖고 하는 거고, 남한테 피해 주는 것도 아닌데 이런 거지예.

1997년이었다. 징역 1년에 집행유예 2년, 보호관찰 2년까지 선고받고 45일 만에 풀려났다.

그런데예, 45일 만에 (구치소에서) 나오자마자 내가 또 약을 하대예. 집에 와선 남아있는 약부터 찾고 있더라고예.

이제는 가족이 눈치채기 시작했다. 함께 살던 어머니다.

어쩌다 집에 가믄, 엄마가 '부식아, 니 또 약하나. 니한테서 약 냄새 난다.' 그래예. 그때는 이미 내 걱정하는 소리가 아니고 그저 싫은 소리로 들리는 거라. '이 할마씨가 돌았나.' 카믄서, 막 컵 집어 던지고 싸우기 시작하는 거라예.

결국 그는 그 길로 집을 나왔다. 여관살이가 시작됐다. 10년이나 이어질 줄 그는 알았을까.

그곳만은 가지 말아야 했다

여관도 한 서너 군데 돌아요. 잡힐까 봐. 전전하면서 약을 하는 거지예.

모아놓은 돈이 온전할 리 없었다. 일수 사무실도 예전 같지 않았다.

직원들이 하나둘씩 그만두더라고예. 당연한 거지예. 지금 생각해보니까, 직원들 입장에서도 내하고 같이 회사 댕겨서는 답이 없잖아예. '뽕쟁이'인 거 다 아는데. 그만두는 게 당연하지예. 일수 사무실은 직원들이 그만두면 자기가 관리하는 고객도 데리고 나가거든예. 그러니까 회사에는 '깡통 계좌'만 남게 되더라고예.

결국 그는 드문드문 나가던 사채업 사무실도 접었다. 전 재산을 들고 나가 필로폰을 샀다. 그러곤 골방에 틀어박혔다. 4년을 마약만 하며 지냈다.

돈이 떨어지니까 나중에는 밥도 굶었어예. 예전 수금 안 됐던 데 전화해가 한 100만 원 들어와도 밥 안 사묵고 약 사고. 막판에는 한 사흘을 굶은 적도 있어예. 근데 사람이 그렇다 아입니까. 슈퍼라도 가서 외상으로 갖다 먹으면 되는데 그걸 몬 해예. 사회생활에 필요한 모든 기능이 스돕되는 거라예. 악만 남고. '내가 기회만 되면 한 놈은 쥑일 기다. (빌려주고 못 받은) 내 돈 3억만 있으면 이래 있지 않을 텐데.' 이런 생각만 하는 거라예.

2006년 어느 날 골방 밖에서 낯선 목소리가 들렸다. "택배 왔습니다." 배송 기사일 리가 없었다.

느낌이 오더라고. 잡으러 왔는갑다. 올라믄 좀 빨리나 오지 싶더라고예.

문을 여니 경찰이 생각보다 많았다.
"한부식 씨, 맞지요?"
"뭐, 이 빙신 같은 거 잡으러 오는데 이리 많이 옵니까."
"아니 한부식 씨, 와 이래 됐습니까. 이런 사람 아니잖아요."
"뭐 이런 사람이 따로 있습니까."
"소변 검사부터 좀 하입시다."
두 번째로 경찰에 잡히던 날을 그는 생생하게 재현했다.
구치소에서 정신을 번쩍 들게 한 건 다름 아닌 그 자신이었다. 안에서 가만 생각해보니 경찰이 어떻게 알고 자신을 찾아왔는지 궁금해졌다. 수사기록 열람·등사 신청을 했다. 검찰청에 가서 수사 기록 첫 장을 넘겼다. 본인 사진이 나와야 하는데, 다른 사람 얼굴이 붙어있었다.
"부장님, 이 서류 잘못됐습니다. 내 꺼 아닙니다."
"그럴 리가 있나. 봐라, 한부식 씨. 당신 맞다."
사진 속엔 환갑도 더 된 듯한 노인이 있었다. 그때 그의 나이

서른아홉이었다. 믿을 수가 없었다. 하긴, 자신의 얼굴을 직시한 게 거의 10년 만이었다.

> 미치겠는 거라. 뒷장은 보지도 몬하겠더라고예. 그냥 덮었어예.

구치소에 돌아가 앉아있는데 눈물이 하염없이 흘렀다. 서럽고 서러웠다. 구치소에서 만난 선배가 그를 붙잡고 말했다.

"니 이제 알았나. 나 니처럼 그래 약하는 사람은 처음 봤다. 끊어라, 이제 쫌."

"우째 끊어야 하나. 방법을 모르겠다."

"병원에 가라."

징역 1년에 집행유예 3년, 보호관찰 3년형을 받고 출소했다. 병원에 가라는 선배의 말만 머릿속에 남았다. 부산구치소를 나와 다리를 건너니 누나 둘이 기다리고 있었다.

"부식아, 엄마가 아파가 병원에 있다."

"왜?"

"엄마 돌아가실랑갑다. 치매도 오고. 인자 몸이 마비가 돼가 얼굴만 살아있고 그렇다."

"그랬나……."

"병원에 입원하자. 엄마 있는 병원 위에 정신병동도 있다. 거기 들어가자."

"알았다, 가자."

"엄마가 니 몬 알아볼 수도 있데이. 울지 말고. 엄마 놀랜다."

"알았다."

누나들이 틀렸다. 어머니는 그를 보자마자 알아봤다. "아들 왔네, 우리 아들이다!" 누나가 믿지 못하겠다는 듯 거듭 확인했다. "엄마, 야가 누꼬?" "부식이!" 그가 본 어머니의 마지막 모습이었다.

주인공은 버텼고, 마침내 웃었다

그가 찾아간 병원은 경남 창녕에 있는 국립부곡병원이었다. 이곳은 마약류 중독자 치료 보호 기관이다.

> 입원하기 전날 누나 집에서 하룻밤 자는데 문득 병원비 생각이 나더라고예. 누나들이 돈 대준다고 걱정하지 마라카는데, 그때 구치소에서 선배가 해준 말이 생각나더라고예. 국립부곡병원에 가면 공짜로 치료해준다고.

무료라는 한마디 때문에 국립부곡병원에 간 건데, 그 발걸음은 그의 인생을 바꿔놨다. 당시 국립부곡병원 원장은 약물중독 치료·재활 분야 권위자인 조성남 서울시마약관리센터장이었다. 그는 조 원장을 붙잡고 "어떻게 해야 약을 끊을 수 있겠습니까? 시키는 대로 뭐든지 다 할게예." 약속부터 했지만, 병원 생활은 초심 같지 않았다.

반성은 잊어버리고 옛날 습관대로 병원에서 '대장질'하는 거라예. 사소한 일로 싸우고, 간호사들한테 시비 걸고, 처우에 대한 딴지나 걸고. 그러다 한 놈을 두드려 팬 기라예.

정신을 차리고 보니 막막했다. 병원에서마저 쫓겨나면 갈 곳도 없었다. 나이 먹어 누나들한테 손 벌리기는 죽기보다 싫었다. 심경이 복잡해지니 눈물이 나기 시작했다.

조 원장이 그와 피해자 사이를 중재했다. 고소하겠다는 피해자를 어르고 설득했다. 대신 피해자의 요구대로 그를 분리해, 알코올 병동으로 옮기기로 한 것이다. 그게 계기라면 계기다. 중독의 실체를 목도하게 된.

친구가 있었는데 함께 아침밥 먹고 등산까지 다녀왔는데 점심밥 먹기 전에 갑자기 '내 퇴원이다, 이제 간다.' 하고 가는 거라예. 속으로 '저놈 웃기네.' 하면서도 마음이 좀 그래요. 옆에 있던 아저씨가 '저놈아, 저거 술 먹을라고 그러는 거 아이가. 쫌 있으면 온다.' 진짜 사흘쯤 지나니까 술이 떡이 돼가지고 와선 사람을 몬 알아봐요. 나가자마자 술을 다시 마시는데 이게 스톱이 안 돼가 계속 먹다가 잡혀온 거라예. 그때 뒤통수를 탁 맞은 기분이더라고예. 이게 중독인갑다, 하고.

입원한 지 6개월이 지난 즈음이었다. 그때부터 그는 달라졌다.

치료·재활 프로그램에 열심히 참여하기 시작했다. 원장이 알아차리곤 그를 대구 마약퇴치운동본부 워크숍에도 데려갔다.

어느 날 원장이 그에게 진지하게 말했다. "대학 가라."

원광디지털대학 중독재활복지학과에 지원해 합격했다. 병원에서 복도에 놔준 컴퓨터로 입원 생활과 학업을 병행하기 시작했다. 그러는 새 다가온 퇴원. 처음엔 불안했다. 그래도 세상 밖으로 발을 내디뎌야 했다. 일단 외출증을 끊어달라고 해 지낼 곳과 일터부터 구하기로 마음먹었다.

갈 곳은 없었지만 가지 말아야 할 곳은 확실했다. 마약에 손대게 된 부산만은 아니어야 했다. 옛 친구들을 만날 만한 곳도 피했다. 그래서 간 곳이 지금까지 살고 있는 김해다.

무작정 공단으로 갔다. 일할 사람을 구하는 식당이 보였다. 숙식 제공도 해준다고 적혀있었다. 그럼 됐다. 한 달 월급 130만 원. 식당 옆 컨테이너에서 지내면 됐다.

병원으로 복귀해 퇴원 날짜를 받아두고 그는 간호사에게 부탁부터 했다. 병원에 맡겨뒀던 휴대폰을 버려달라고. 그 안에 옛 친구들 연락처와 장부가 있었다. 과거와 단절하고 싶었던 것이다. 그래야 새 인생을 시작할 수 있을 것 같았다. 그리고 정말 그렇게 만들었다.

퇴원한 후 어떻게 지냈나요?

제가 일했던 식당이 공장에 밥 배달하는 식당이었거든예. 공장 사람이 그러더라고예. 밤에 다른 일 하는 거 없으면 트럭 운전하라고. 식당 사장한테 물어보니까 해도 된다 카데예. 그래가 식당 배달에 트럭 운전까지 하니까 한 달 수입이 300만 원으로 늘어나대예. 그동안 내 힘들 때 모른 척하던 자형도 화물 터미널에서 짐 나르는 일을 소개 해주고. 그게 아주 '꿀 알바'예요. 그 일까지 하니까 이래 저래 한 달 수입이 600만 원까지 늘어나더라고예. 일 안 할 때는 컨테이너에서 공부만 했어예. 씻는 것도 밤에 사 장님 퇴근하면 물을 데파가 화장실에서 씻고.

대학을 졸업하자마자 사회복지사 1급을 땄다. 원광디지털대 중 독재활복지학과를 만든 고 주일경 교수가 그에게 대학원 진학 을 권했다. "너처럼 성적이 그렇게 많이 오른 학생도 드물다. 나 도 중독자 제자한테서 (성공) 스토리 좀 만들어보자." 그에게 인 생의 새로운 목표를 심어준 것이다.

돈을 벌면서 학업을 계속 이어간 거군요.

석사 한 학기를 하고 식당 일은 그만뒀어예. 그리고 공구 장사를 시작했지예. 그게 짭짤하게 잘됐어예. 공구 장사 까지 7년 동안 돈을 꽤 모았어예. 돈 모으는 재미를 그때 처음 알았어예. 지금도 제가 중독자들한테 그래요. 3년만 술도, 약도 끊고 버텨보라고, 기적이 일어날 수 있다고, 나는 그랬다고.

체험한 기적이 뭐였나요?

내가 바뀌니까 주변 사람들이 도와주기 시작하데예. 자연스럽게 신뢰가 생긴 거지예. 식당에서 3년 동안 일하면서 결근을 한 번도 안 했어예. 비가 오나, 눈이 오나 그냥 일을 하니까 얼마나 믿음직스럽겠어예. 그러니 주변에서 그걸 보고 일을 맡긴 거지예. 그게 되더라고예. 처음엔 갈 데도 없고 아무것도 없이 시작했는데. (내가 변하기 시작하면 나를 돕는) 어떤 위대한 힘이 있나 싶더라고예. 그전에는 내 돈 빼뜰라 카는(빼앗으려고 하는) 놈밖에 없었는데.

그는 가야대에서 사회복지상담학으로 석사 학위를 받은 데 이어 지금은 인제대 사회복지학 박사과정을 밟고 있다. 이뿐만 아니다. 중독자 재활시설인 경남 김해 다르크(리본하우스) 원장이다. 다르크는 'Drug Addiction Rehabilitation Center(DARC)'의 약자로, 중독자들이 운영하는 민간 약물중독 재활시설이다. 일본엔 90곳이나 있지만, 우리나라엔 네 곳뿐이다. 그가 하던 약물중독자 자조모임(Narcotics Anonymous, NA)에 일본 다르크 시설장들이 방문해 그런 시설이 있다는 걸 알게 됐다.

중독자들의 회복을 돕는 일을 해야겠다고
마음먹은 이유가 있나요?

일본에 가서 한 달간 다르크 시설 여러 곳을 돌면서 입소자들과 함께 생활해봤어예. 그때 '이게 되는구나.' 느낀 거지예. 일본은 시설장뿐 아니라 스태프도 다 중독자라예. 중독자들 얘기를 들어보니까 '나도 저 사람(시설장)처럼 되는 게 꿈이다.' 하는 거라예. 한국에 와서 해볼라꼬 작정하고 달려들었지예.

그간 모아둔 돈으로 김해 외동에 단독 주택을 구했고, 2020년 4월 정신재활시설로 신고했다. 김해 다르크(리본하우스) 원장으로 또 다른 인생을 시작한 것이다. 연인원으로 따지면, 그간 40여 명의 중독자가 이곳에서 생활했고 그중 네 명이 회복했다. 후원금이 들어오기도 하지만, 운영비 대부분은 사비로 충당한다. 한 달 입소비로 18만 원을 받지만, 시설 운영에는 크게 도움이 되지 않는다. 정부 예산 지원의 길은 아직 열리지 않았다.

돌아보면, 마약으로 많은 걸 실패했다는 생각이 들 것 같아요.

그렇죠. 결혼도 몬 했어예. 아니, 하기는 했지예. 약할 때는 결혼하면 약을 끊을 수 있을 줄 알았거든예. 안 되겠더라고예. 너무 무섭더라고예. 일주일 만에 '나랑 살다가는 니 인생 절단 난다. 집에 가라.' 했어예.

당시 마약 때문인 걸 아내는 알았나요?

끝까지 몰랐어예. 내가 말을 몬 하겠더라고예. 그때 차라리 깨끗하게 털어놓고 도움을 청했으면 됐을까 싶기도 하고……. 그리고 내 가족들한테 진짜, 정말 큰 죄를 졌지

예. 우리 집을 풍비박산 낸 거나 마찬가지니까. 어느 면으로 봐도, 밑바닥까지 떨어진 상태가 됐으니까.

중독이 되면 가장 먼저 가족이 떠난다고요?

그게, 제일 마지막까지 남아있는 것도 가족인데 가장 먼저 떠나는 것도 가족이라예. 가장 힘드니까. 가족들이 볼 때는 '술만 끊으면, 약만 끊으면 멀쩡한데 왜 몬 끊노?' 이렇거든예. '니 의지가 약해서 그러는 거 아니가?' 그러는데 이게 의지 문제가 아니거든예. 그럼 중독자한테는 비난하는 걸로 들려예. 불화가 생기고 그러다 가족이 가장 먼저 포기하게 되지예.

마약으로 잃어버린 소중한 것들은 뭔가요?

나 자신을 잃어버렸지예. 내가 하고 싶은 거 몬 하고 산 게 제일 후회돼예. 돈을 벌면 내 하고 싶은 거 하면서 살 줄 알았는데, 약 때문에 몬 하게 되더라고예. 생각해보믄, 제일 힘든 게 어릴 때 하고 싶은 거 몬 한 거. 제가 축구를 정말 잘했거든예. 친구들 사이에서 유명했어예. 제가 공을 잡으면 아무도 몬 따라올 정도로. 아버지한테 축구부가 있는 학교로 전학 보내 달라꼬 했더니 두드려 패더라고예. '돈이 어딨노. 쓰잘데기없는 소리 마라.' 지금도 제가 그래예. 그때 운동했으면 아마 '황선홍이가 잘하나, 한부식이가 잘하나.' 했을 거라고.

그의 눈에 눈물이 가득 고였다.

마약에서 벗어났다는 생각이 언제 들던가요?

전혀 안 해예. 나는 아직 마약의 영향력 안에 있는 사람이고, 죽어서도 끝나지 않을 거 같아예. 요즘도 약 생각이 나지만, '그런갑다.' 하고 지나가는 거지예. 하루에 열두 번도 더 들어예, 문득문득.

그렇게 생각나는데도 그걸 참게 만드는 힘은 뭔가요?

중독자로 살 때 지옥이었거든예. 그 지옥 같은 세상에 다시 들어가고 싶지 않아예. 내가 10년을 돌아다니면서 외

톨이로 약을 하면서 살았어예. 전포동 꼭대기 골방에 처
박혀서 (약하면서) 살 때 4년을 똑같은 옷을 입고 살았더라
고예. 출소한 뒤에 방을 정리하려고 가니까 방에 2002년
도 달력이 걸려있더라고예. 그때가 2006년이었는데. 햇
빛도 안 들어오고 겨울에 춥고 여름에 더운 그 방에서 어
떻게 살았는지 모르겠어예. 그저 약기운으로 산 거지예.

마약을 끊으니 달라진 것은요?

편하잖아요. 이제 다른 사람들 앞에 떳떳하게, 당당하게
나갈 수 있고. 관공서도, 경찰서도 마음대로 갈 수 있잖아
예. 약할 때는 생각도 몬한 일이거든예. 동사무소도 몬 가
서 오죽하면 주민등록이 말소되고 운전면허도 취소돼 있
더라고예. 일주일을 몬 참아요. 중독이 그런 거라예. 지금
은 불안, 초조 이런 감정이 없어지고, 부정적인 생각도 싹
없어졌어예. 마음도, 육체도 편한 게 제일 좋아예.

지금까지 살아온 인생을 바탕으로 실패를
자신만의 언어로 정의해본다면 뭘까요?

실패도 '하나의 경험'인 거 같아예. 그때는 진짜 힘들고
아팠지예. 마약 때문에 (인생이) 망한 거니까. 그런데 그
경험을 되살려서 지금 잘 살고 있잖아요. 지금 내가 행복
하니까. 요즘 마약퇴치본부나 관련 기관에서 종종 발표를
부탁하거나 특강을 요청하거든예. 한번은 전북 전주까지

갔어예. 서울보다 더 멀더라고예. 하하. 갔더니 조성남 원장님이 앉아 계시는 거라예. 원장님만 보면 옛날 생각이 나고 그렇게 눈물이 나예. 원장님은 내를 흐뭇하게 보는데. 그런 상황들이 참 좋아예. 옛날 생각하면, 내가 어디 원장님하고 그런 자리에 함께 앉아있을 수 있는 사람입니까.

행복하다는 말씀이 참 듣기 좋네요.

행복해요. 원장 아입니까. 살다 보니까 이런 날도 있구나 싶어예. 요즘요, 제가 인기 강삽니데이. 창원, 부산에서는 난리가 났어예. 하하. 대구에서 마흔 명 앉혀놓고 강의를 하는데, 한 명도 안 조는 거라예. 너무 재밌대예. 그런 강의를 가면 꼭 나한테 전화가 와예. 명함에 적힌 후원 계좌로 돈을 보내주는 사람도 있고. 그런 게 재미지예. 예전엔 몰랐던 것들이고. 모든 가치를 돈에 뒀거든예. 너무 어려운 환경에서 크다 보니까 돈을 버는 데는 귀천이 없다, 어떻게든 벌기만 하면 된다 이랬어예. 일수 하면서 사람들한테 줬던 상처가 한 번씩 생각이 나예. 그럼 죄책감이 들어. '아, 사람 직업이 이래서 중요하구나. 일수를 안 했으면 내가 이렇게 됐겠나.' 싶어예. 그때 큰돈을 번 게 나한테는 독이었지예. 그렇게 악랄하게 버는 게 아니었는데. 지금은 현재만 보려고 노력해예.

마약 중독 전력이 있는 이들을 바라보는 편견도 느끼시나요?

많지예. 그래서 내를 모르는 사람들한테 드러내는 걸 안 좋아해예. 대학원 다닐 때도 과거를 아예 말 안 하고 살았어예. 시설 열고 나서 (원우) 세 사람한테만 알렸더니 깜짝 놀라더라고예. 솔직히 내가 회복자가 아니고 평범한 정신건강사회복지사였더라도 이렇게 예산 지원을 안 해줄까 싶어예. 특히 전문가라는 사람들한테서 편견을 느낄 때 제일 서러븐 거라예. 그래서 우리 다르크 원장들끼리 그래요. '우리가 잘 몬하면 우리 후배들이 설 자리가 없어진다. 우리가 잘해야 한다.'라고. 중독자 출신이라 그렇다는 편견을 고착시키기 싫어서예.

**마약 때문에 겪은 인생의 실패가 알려준
'삶의 도'는 뭘까요?**

'버티는 거'지예. 그냥 버티는 놈이 이기는 거 같아예. 짧게고, 굵게고 그런 건 필요 없어예.

버티고 살아남아서 만든 희망이다. 중독자로 산 15년 동안 한 필로폰의 양이 얼마나 될 것 같냐고 그에게 물었다. 바로 계산이 나왔다. 족히 얼마쯤은 될 것이라고 답했다. 하지만 다른 건 추산이 불가능할 거다. 마약을 끊은 지난 17년간 그가 얻은 행복의 양 말이다. 하물며 앞으로 느낄 행복의 양은 어떻겠는가.

실패 다음에
마침표가 아닌
쉼표를

작가
홍인혜

어떤 실패는 발효할 시간이 필요하다. 마치 세균 같은 미생물이 발효를 거쳐 몸에 유익한 음식이 되는 것처럼. 웹툰 〈루나파크〉로 유명한 홍인혜 작가가 그랬다. 실패의 의미를 깨닫는 데 6년이 걸렸다. 지독한 전세 사기를 당해 3년을 괴로움 속에 살았다. 절망의 고점을 갱신하고 갱신한 끝에 겨우 해결하고도 3년간은 그 경험을 입 밖에 내기 어려웠다. 그렇게 6년이 지나고 나서야 그는 웹툰으로 그 기억을 소환하고 공유했다. 읽다 보면 분기탱천하게 되는 이 실패 스토리에 많은 대중이 공감했다. 세입자에게 불리하게 작용하는 관련 법을 정부가 바꾸는 계기도 됐다. 당시엔 그 실패로 얻은 게 뭔지 자신조차 알 수 없었지만, 수년이 지나고 나서야 그는 알게 됐다. 실패 다음에 와야 할 문장부호는 마침표가 아닌 쉼표라는 걸. 그 쉼표를 찍을 수 있어야, 자신을 지킬 수 있다는 걸 말이다. 나는 실패 다음에 무엇을 썼던가. 물음표일까, 마침표일까, 말줄임표일까, 그것도 아니면 스페이스바(빈칸)였을까. 그때의 나에겐 실패 다음에 쉼표를 찍을 용기가 있었을까. 생각해볼 일이다.

쓰고 그려 살아남은 사람. 알고 보니 그랬다.

홍인혜(41). 그의 이름 석 자를 수식할 하나의 단어를 찾기는 어렵다. 결국 자신이 찾아 붙였다. '창의노동자'. 세상에 없던 말이다. 그럴 법하다. 그의 이력이 그러하니까.

15년 동안 카피라이터로 일했다. '즐거움엔 끝이 없다'는 tvN의 브랜드 슬로건이 그의 작품이다. '봄에도 집합 공부 겨울에도 집합 공부 첫 단원만 너덜너덜'(수학 학습지), '세상은 문밖에 있다'(아웃도어), '○○은 이런 치킨입니다'(치킨 브랜드 슬로건) 같은 카피도 그의 손을 거쳐 세상에 나왔다.

회사에 다니면서 홈페이지 '루나파크'에 카툰 일기를 올리기 시작해 인기 작가가 됐다. 에세이스트이자 등단한 시인이기도 하다. 카툰집 네 권 말고도 그간 낸 에세이집이 세 권, 시집이 한 권이다.

그러니 그는 '로망'이었다. 오늘도 어제 같고, 내일도 오늘 같을 것 같아서 메마른 월급쟁이들은 '루나파크'를 보며 위로받고 동시에 선망했다.

이 부러운 팔자에도 과연 실패가 있을 것인가. 그는 '돈 받고' 하는 일에서 오는 마음의 궁핍함을 '덕질(무언가에 열과 성을 다해 빠져드는 것)'로 채웠다. 광고 카피는 '클라이언트의 것'이지만, 만화는 온전히 '내 것'이니. '번아웃'으로 회사를 그만두고 우울의 강을 표류할 때도 그는 만화를 그려 올릴 손 익은 스캐너를 꼭 품고 있었다. 전 재산을 날릴 뻔한 전세 사기를 당해 '이런 세상에 살고 싶지 않다.'라는 생각이 들었을 땐 시가 그를 구원했다.

그러니까 그는, 쓰고 그려 살아남았다. 쓰고 그린 덕분에 삶에서 나가떨어지지 않았다. 나가떨어지기는커녕 인생의 전세(戰勢)를 역전시키고야 말았다. 스스로의 힘으로.

'압도적인 고통'이라고 기억하는 그 시간이, 그래도 자신에게 준 것이 있을까. "나를 믿게 됐죠. 예민하고 유약하고 징징대기만 한다고 생각했던 내게도 벼락같은 힘이 있었어요. 결정적인 순간에 나를 일으키는."

"삶에 침입한 고통을 씹어 삼켜 피와 살로 만든" 그를 만났다.

첫 퇴사는 도피였다

어릴 적부터 그리기를 좋아했나 봐요.

맞아요. 고등학교 때 만화동아리 회장을 했어요. 만화를 보는 것도, 그리는 것도 좋아했죠. 루나라는 캐릭터도 '싸이월드' 시절부터 나 자신을 묘사할 때 그리곤 했던 아이죠. 2006년에 홈페이지를 만들면서 이름을 붙여 캐릭터로 만들었어요.

그런데 카피라이터가 됐네요.

학교 다닐 때 장래 희망으로 작가와 만화가를 써내곤 했어요. 그런데 순수 작가는 '초천재'만 할 수 있다는 생각이 들어서 카피라이터로 방향을 틀었죠. 혼자 보고 만족하는 게 아니라 내 글을 다른 사람들이 보는 것에 쾌감을 느꼈거든요. 광고만큼 전 국민에게 바로 '쏴주는' 매체가 없잖아요.

어떤 일이나 그렇겠지만,
초년병 시절엔 실수도 많았을 것 같아요.

카피라이터는 팀으로 작업해요. 팀원들이 카피를 써가면 팀장이 고르죠. 신입이 낸 카피는 대부분 잘리지만. 입사한 지 1년쯤 됐을 때 팀장이 신문 돌출 광고를 하나 제게 맡겼어요. 작은 지면이지만 네 꿈을 한번 펼쳐보라면서요. 명함 절반만 한 크기로 들어가는 광고였죠.

처음 혼자서 해본 광고겠네요.

맞아요. 그런데 저는 입이 댓 발 나왔죠. '아니, 겨우 이만한 데에 쓰라고? 글자 몇 자밖에 안 들어가겠구만. 무슨 꿈을 펼쳐.' 속으로 그랬어요. 침구 회사 광고였는데 별로 고민도 안 했죠. 아마 '내일의 행복을 꿈꾸는 자리' 비슷하게 써갔을 거예요. 선배가 보더니 '이런 뻔한 말밖에 할 수가 없니?'라고 하더라고요. 그때도 속으로 '자기는.' 이랬죠. 그런데 선배가 '부부는 기쁨도, 슬픔도 함께 베고 자는 사이니까'처럼 인생의 통찰을 담을 수도 있지 않냐는 거예요. 그 말을 듣고는 '아, 그렇네. 작은 지면이라고 내가 무시했구나.' 싶었어요.

태도를 바꾼 계기가 됐나 봐요.

그렇죠. 대학 다닐 때 '기록은 기억을 지배한다'라는 캐논의 광고 카피를 보면서 '나도 광고 회사에 들어가면 저런 문구를 써야지.' 했는데, 막상 카피라이터가 되고 나서는 온전히 내 지면이 주어졌는데도 아무 말이나 막 써낸 거니까요. 크게 깨달았죠.

그래서 다시 써간 카피는 뭐였나요?

나름 머리를 굴려서 '4자 시리즈' 카피를 만들어 갔어요. '전전반측(輾轉反側, 이리저리 뒤척거리다), 사전에서 없어질 단어', '뒤척뒤척, 사전에서 없어질 단어' 이런 식으로요. 칭찬을 받았죠. 채택이 된 것으로 기억해요.

그는 2004년 직원 60명 규모의 광고 회사에 카피라이터로 취업해 3년 뒤엔 글로벌 광고 회사 TBWA로 이직했다. 2006년부턴 홈페이지 '루나파크'를 열어 만화를 연재하기 시작했다. 일상을 그리는 '생활 웹툰' 성격이었다.

카피라이터도 무척 바쁜 일인데
왜 만화까지 그릴 생각을 했나요?

광고 일은 장단점이 명확해요. 짧은 시간 안에 다른 사람들의 마음을 훔치는 게 매력이죠. 반면 남의 돈으로 하는 일이기 때문에 철저히 클라이언트가 원하는 대로, 클라이언트가 만족할 때까지 해야 해요. 저작권도 카피라이터에 겐 없으니 내 것도 아니죠. '내 글'의 결핍감을 느꼈어요. 나의 창작을 하고 싶다는 생각이 들었죠. 마침 당시 1세 대 생활 웹툰이 인기였거든요. 〈마린블루스〉, 〈스노우캣〉, 〈낢이야기〉 같은. 그것들을 보다가 나도 해보자 싶었죠.

얼마나 자주 올렸나요?

처음 1년간은 매일 올렸어요.

매일요?

네, 하하. '광기'가 있었나 봐요. 지금보다 삶이 훨씬 팍팍 했는데도. 야근할 때는 새벽 한두 시에 퇴근하고 나서도 그랬죠.

종이에 그렸나요?

종이에 그린 뒤 스캔해서 올렸어요. 고물 스캐너도 하나 샀죠. 지금도 그 방식으로 작업해요. 마지막엔 이미지 편 집 프로그램으로 다듬고요. 요즘은 PC나 태블릿을 많이 들 쓰는데, 저는 그 방식이 손에 익어서 가장 좋더라고요.

초창기 그가 직접 썼던 글씨체는 '루나파크또박체'라는 폰트로 도 발매됐다.

매일 그리는 게 보통 일이 아니었을 텐데.

일이라는 생각이 안 들더라고요. '덕질'이라고 생각했어
요. 피곤한데도 매일 그렸으니까. 아무래도 '창작 관종'인
것 같아요. 내 만화를 남들이 보고 반응해주는 게 너무 좋
아서 광기에 휩싸였던 거죠. 하하. 매일 팔로워가 늘고, 내
가 알지 못하는 인터넷 커뮤니티에 내 만화가 퍼졌으니까.

초창기부터 인기를 끈 요인이 뭐라고 생각해요?

당시엔 드물었던 회사원의 일상을 그려서 많은 분이 공
감하고 입소문도 탄 것 같아요.

'루나파크' 개장 1년 만에 그는 팬시 회사에서 다이어리 협업 제
안을 받았다. 성공한 카투니스트가 된 거였다.

그때 기분이 어땠나요?

광고 카피는 아무리 히트를 쳐도 아무도 누가 썼는지 궁
금해하지 않았거든요. 게다가 광고 일은 팀 작업이라서
카피가 성공해도 개인의 작품이라고 말하기도 어려워요.
다만 '즐거움엔 끝이 없다'는 당시 팀에 카피라이터가 저
뿐이었기 때문에 자신 있게 제 카피라고 할 수 있는 거죠.
카피와 달리 만화는 내가 그렸고, 글을 썼고, 캐릭터 이름
도 내가 붙인 거니까 '내가 했네, 내가 해냈네.' 이런 생각
이 강하게 들더라고요. 진짜 짜릿했어요.

'루나파크'도 잘나가고, 글로벌 광고 회사로 이직도 했는데
2009년 갑자기 퇴사를 해서 영국 런던에 머문 이유는 뭔가요?

회사에서 일이 잘 안 풀렸어요. 번아웃도 심했죠. 다시는
광고를 못 하게 될 거라는 각오를 하고 회사를 나갔어요.

어땠기에 그랬나요?

광고 회사는 사내에 열 개의 팀이 있다면 열 개의 회사가
있는 거나 마찬가지예요. 좋은 광고주를 많이 맡는 팀이
잘나가는 팀이죠. 그런데 당시 속했던 팀이 사내에서 입
지가 안 좋았어요. 그나마 있던 광고주도 떨어져 나가고
팀원도 계속 그만두고요. 들어오는 일이라고는 다른 팀에
서 하기 싫다고 떠민 광고였죠. 결정적으로 제 가치관에
배치되는 광고까지 들어왔어요. 업무적 자존감이 너무 떨
어져서 더는 광고하고 싶지 않았어요.

퇴사를 하고도 '루나파크'는 계속했지요?

영국으로 갈 때 제가 스캐너도 갖고 갔잖아요. '이민 가
방'에 넣어서. 주위에서 사람들이 '그걸 왜 가지고 가냐.
미쳤다.'라고 했어요. 하하.

영국에서도 즐겁기만 한 건 아니었던 것 같은데
만화를 그렸다니 대단해요.

광고 일은 다시는 못 할 수도 있다고 생각하니까 '루나파

크'가 제 유일한 직업이자 세상과 소통하는 창구더라고요.

영국 생활은 어땠나요?

지금 거기로 보내주면 훨씬 더 잘 놀 수 있을 텐데. 초반
엔 외롭고 비참했어요. 유령처럼 부유하며 살았죠.

'루나파크'가 있어서 견딘 시간도 있겠군요?

맞아요. 일상을 매일 쓰고 그래서 올렸으니까. 생활 창작
자가 좋은 게 안 좋은 상황이 닥쳐도 '최소한 이게 내 콘
텐츠는 되겠구나.' 하는 생각이 들거든요. 하하. 분명히
비극인데, 이걸 콘텐츠라고 여기면 또 그게 극복하는 요
소가 돼요. 언젠가는 이 경험을 콘텐츠로 승화할 수 있지
않을까 생각하면 힘이 조금 나요.

열 달 뒤 귀국했을 땐 《지금이 아니면 안 될 것 같아서》란 에세
이집이 한 권 나왔다.

그런데 돌아와서 같은 회사에 재입사를 했네요.
다시 일하고 싶은 생각이 들던가요?

일단 돈이 많이 떨어졌고요. 여기서 더 놀면 진짜 재취업
하기 어렵겠다는 위기감도 들더라고요. 그런데 운이 좋게
도 다니던 회사의 가장 좋은 팀에서 합류 제안이 들어온
거예요. '이런 기회는 다시 없다!' 바로 뛰어갔죠. 하하.

TBWA 크리에이티브 대표를 지냈고 현재는 이 회사의 조직문화연구소장을 맡고 있는 박웅현 씨가 이끄는 팀이었다.

이전에 회사를 다닐 때와 달라진 게 있던가요?

멋있는 광고를 할 기회가 많았죠. 연차도 그사이에 올라가서 팀 내 메인 카피라이터를 맡기도 했고요. 그러니까 내가 쓴 카피가 그대로 광고에 나갈 기회가 많아진 거죠. 광고 역시 내가 무척 좋아하고 하고 싶어 한 일이었지만 그간에는 빛을 보기 힘들었잖아요. 그런데 '내가 나가떨어지지 않아도 되겠구나.'라고 처음 생각했어요.

'계속 광고를 해도 되겠구나' 싶었군요.

네. 사람들 입에 오르내릴 광고를 만들 수 있어 좋았죠. 그때만 해도 광고가 히트하면 '밈(인터넷에서 모방하며 퍼져나가는 유행)'이 되던 시절이었거든요. 그게 엄청 짜릿해서 '나도 대국민 밈 메이커가 될 수 있어!'라고 생각했죠.

'루나파크'도 한참 잘나갔는데,
전업으로 할 생각은 안 했나요?

웹툰은 (실질적인) 수입이 안 됐고요. 책이나 다이어리로 버는 돈도 먹고살 정도는 아니었거든요.

그런데 2019년 진짜로 퇴사했죠?

결정적으로, 왜 진짜 퇴사했나 돌아보면 난 계속 '팀원'이고 싶은 사람이어서 그랬어요. 회사 생활을 오래 하면 조직원이 아니라 조직장을 해야 하는 시기가 오잖아요. 저는 그게 무섭고 하기 싫었어요. '크리에이티브 디렉터(CD)'가 되면 일을 시키기도 해야 하고 때로 들이받기도 해야 하는데 못 하겠더라고요. 제게는 전혀 다른 직종의 일처럼 느껴졌어요. 1년 정도 고민한 끝에 '이제는 회사를 떠나도 되겠다' 싶더라고요. 농담 삼아 '퇴사'가 아닌 할 만큼 다 했다는 뜻으로 '졸사'라고 표현했죠.

'카피라이터 홍인혜'를 돌아보면 가장 큰 실패가 뭔가요?

첫 퇴사 때죠. 그 시절 제겐 패배주의만 있었던 것 같아요. 아무리 당시 입지가 안 좋은 팀에 있었더라도 기회가 아예 없던 건 아니었거든요. 그러니까 그때 했던 퇴사는 도피였죠. 못 해먹겠다면서 포기해버린 거니까.

그래서 두 번째 퇴사를 회사원으로서 과정을
마쳤다는 뜻의 '졸사'라고 표현한 거군요.

맞아요. 중간에 포기하고 나가떨어진 게 아니니까.

그의 '졸사'는 공교롭게도 그를 괴롭히던 전세 사기 사건이 종료된 시점과 맞아떨어졌다. 한때 너무 절망해 죽어야겠다는 생각까지 들게 한 '기한 없는 스트레스'의 폭풍이었다.

절망의 클라이맥스

**웹툰을 그리는 '루나 홍인혜'는
실패가 없었을 것 같은데, 실제 그런가요?**

큰 부침은 없었지만, 좌절감을 느끼긴 했죠. 생활 만화라는 게 옛날만큼 '핫한' 콘텐츠가 아니니까요. 요즘 웹툰은 유료 결제 유도가 중요하잖아요. 그러려면 다음 화가 궁금해야 해요. 그래야 독자가 결제할 테니까. 그런데 생활 만화는 분절적이죠. 웹사이트에도, 작가 개인에게도 수익이 안 되는 거예요.

웹툰 종류도 정말 많이 늘어났고요.

요즘엔 인스타그램만 열어도 뾰족한 주제로 그리는 웹툰이 너무 많죠. 언제부턴가 새 독자가 유입되지 않는다고 느껴지더라고요. 제가 '루나파크의 아무개'라고 소개했을 때 듣는 말 중에 가장 슬픈 게 이거예요. '저 옛날에 그 만화 좋아했는데!' '저 어릴 때 많이 봤는데!' 퇴사한 무렵에 그 얘기를 정말 많이 들었거든요. '아, 이제 나도 지는 해, 아니 지는 달(루나는 에스파냐어로 달이다)이구나.' 싶었죠.

위기감이 느껴졌겠네요?

네, 실제로 과거에 대형 포털 사이트에서 연재 제안이 종종 들어왔었거든요. 퇴사했으니 이제 포털 연재 작업도 할 수 있겠다 싶어서 연락했더니 반응이 미온적인 거예요. 생활 웹툰이 예전 같지 않다면서. 너무 충격을 받았죠.

그래서 어떻게 했나요?

생각해봤죠. '나만 그릴 수 있는 뾰족한 주제가 뭐지? 유 레카! 나 전세 사기당했잖아!' 그래서 전세 사기당한 걸 그리기 시작했죠.

2015년 전 재산을 털어 구한 두 번째 전셋집의 주인이 알고 보 니 고액 체납자였음이 밝혀지며 시작된 분투다. 전세 보증금까 지 그대로 국가에 '헌납'당할 뻔한 사건. 해결까지 무려 3년이 걸렸다.

꼼꼼한 그가 채광부터 등기부등본, 건축물대장까지, 확인해야 할 열다섯 가지 항목을 뽑아 직접 만든 '전월세 구하기 체크리 스트'까지 들고 다니며 확인에 확인을 거듭해 구한 집이었다. 전 입신고를 하고 확정일자까지 받아둔 찰나, 이삿짐도 채 다 정리 하지 못한 그에게 통지서가 날아왔다. 임대인이 채무 관계로 발 생한 법적 분쟁에서 패해 승소한 상대가 그의 전셋집을 압류했 다는 의미였다. 그뿐이 아니었다. 임대인이 그간 내지 않아 밀린 양도소득세가 1억 원이나 됐다는 사실도 드러났다. 그러니까 국 가 역시 채권자였다.

전입신고와 확정일자도 무용지물. 당시엔 집주인이 세금을 체 납하면 집이 경매나 공매로 팔리더라도 그 돈으로 세금부터 변제했다(이젠 세입자 보증금부터 변제하도록 2023년 5월 관련 법이 개정됐다).

그간에는 그걸 주제로 그릴 생각은 안 했나요?

떠올리기도 싫었고 잊고 싶었죠. 고통스러운 경험이니 평생 '비밀 상자'에 넣어두고 열어보지도 말아야지 했거든요. 그런데 '그럴 일이 아니네.'라고 생각한 거죠.

내가 잘못해 당한 일이 아니죠.
누구라도 속수무책으로 당했을 것 같아요.

그런데도 사람이 불합리한 고통을 겪게 되면 자꾸 자기 탓을 하게 되더라고요. '그래, 내가 이 집을 고른 거잖아.' '내가 집주인한테 문제가 있다는 걸 간파하지 못했잖아.' 심지어 '엄마 아빠가 그렇게 독립하지 말라고 했는데 말 안 듣고 나온 내 잘못이네.' 하는 거죠. 전세보증금반환보증 제도가 있다는 걸 알고 있었기 때문에 가입하려고 준비하고 있었는데 그사이에 압류가 걸렸거든요. 그러니까 '내가 그거라도 빨리 들었어야 했는데.'라는 자책도 하게 되더라고요.

완전히 바닥으로 내몰린 상황이었네요.

앞으로 어떻게 될지 모른다는 게 가장 고통스러웠죠. 그간 직장 생활로 번 돈을 모두 날릴 수도 있다고 생각하니

너무 끔찍했어요.

세상이 나를 배신했다고 느꼈을 것 같아요.

전세 사기를 당하면 인간 불신, 세상 불신에 시달리게 되
죠. 내가 잘못한 게 아닌데 사기를 당했으니까요. 심지어
집주인을 처벌할 방법도 없어요.

어떻게 견뎠나요?

집 앞에 있는 성당에 가서 마리아상 앞에서 기도도 하고
교회에 무작정 찾아가기도 했죠. 오랜 세월 교회에 다니

지 않았는데 너무 힘드니까 교회까지 뛰어가게 되더라고요. 그땐 좀 심각한 상황이었죠. 집에 혼자 있다가 '다 끝내버리면 편해질까.' 싶으면서 죽고 싶었으니까. 세상에 기대가 없어진 거예요. 설사 해결된다고 하더라도 이런 일이 벌어지는 세상에 살고 싶지 않더라고요. 동시에 '나 위험하다.'라는 위기감도 들었죠.

그래서 집 밖으로 나간 건가요?

도움이 필요한데 당장 갈 데가 생각이 안 나더라고요. 모르는 교회로 들어가서 목사님을 붙잡고 내 얘기 좀 들어달라고 했죠. 사안이 복잡하니까 설명하기도 힘들어서 '집주인이 전세금을 안 줘서 힘듭니다.' 이랬던 것 같아요. 목사님이 기도를 하시면서 '비록 전 재산을 다 날리는 상황이 되더라도 담대한 마음으로 이겨낼 수 있도록 해주옵소서.'라는 취지로 말씀하셨는데 갑자기 제가 속으로 '어, 안 돼. 다 날리면 안 되는데.' 하면서 정신이 들더라고요. 다시 집으로 왔죠.

결국 그는 공매에 넘어간 그 집을 자신이 사기로 결정한다. 집주인이 세금을 낼 의사가 없다는 건 이미 그가 확인했다. 시일이 지날수록 집주인의 체납 세금은 점점 불어나 세금과 전세 보증금을 합한 액수가 집값을 넘어설 위기였다. 그럴 경우, 공매에 부쳐지더라도 집을 살 사람은 없을 것이다. 이러다간 전세 보증금도 못 받고 그 집에 갇힐 판이었다. 그사이에도 가산세는 늘어나면서 말이다.

언제 집주인에게 기대나 미련을 버리게 됐나요?

집주인에게 열 번을 전화하면 아홉 번은 안 받았어요. 저는 그래도 행방을 알아야 하니까 다이어리에 적어두고 2주에 한 번씩은 전화했죠. 그럼 전화하기 열흘 전부터 가위에 눌려요. 너무 하기 싫으니까. 그래도 녹음기를 켜두고 받을 때까지 전화를 해요. 그런데 어느 날 집주인이 그러는 거예요. '아우, 해결한다니까. 너무 안달복달하지 말고 기다려요.' 그러기에 제가 '세금을 내셔야죠! 눈덩이처럼 불어나고 있잖아요.'라고 했더니 '돈이 있어야 내지. 돈 좀 있어, 아가씨?' 하는 거예요. 그때 '핑' 하고 뭐가 돌면서 '아, 이 사람 사기꾼이구나. 나쁜 사람이구나.'라고 규정할 수 있게 되더라고요. 그 전까지는 그래도 마음을 잘 풀면 돌려주지 않을까 하는 기대가 뒤섞여 있었는데 그걸 계기로 명확해진 거죠. 그렇다면 내가 살아남아야겠다 싶더라고요.

그는 공매 방법을 공부했고, 여기저기에서 돈을 끌어모아 집을 낙찰받았다. 집주인으로선 그의 전세 보증금으로 세금을 털어버린 꼴이었다. 그래도 그렇게 금전의 손해를 감수하고라도 스스로 상황을 종료하는 편이 빨리 평온을 되찾는 길이었다. 공매로 집을 낙찰받았다고 모든 일이 끝난 게 아니었다. 공매가 끝난 뒤 집주인의 숨겨진 세금 2,000만 원이 추가로 밝혀진 것이다. 그렇다면 그에게 돌아올 배분 금액(전세 보증금)이 그만큼 줄어드는 거였다. 돌이킬 방법은 낙찰 취소뿐이라는 세무 공무원의 설명.

정말 견디기 힘들었을 것 같아요.

그때가 절망의 클라이맥스였죠. 감정적으로 가장 힘들었어요. 다 해결됐다고 생각했는데 그런 변수가 생긴 거니까. 심지어 그 역시 제 잘못이 아니었고요. 세무 담당 공무원과 통화를 하면서 제가 한 시간 동안 울부짖었어요. '제가 뭘 잘못했는데 손해를 봐야 하나요.' '낙찰을 취소하면 해결되는 줄 아세요.' '제가 지금까지 어떤 일을 겪어왔는데요.'라면서. 저도 속으로 '미쳤다.' 싶더라고요. 그런데 묘하게 '이게 마지막 관문이다.'라는 예감이 들더라고요. 다시 처음으로는 못 돌아가겠더라고요.

그가 버린 건 돈 2,000만 원, 택한 건 행복이었다.

가치를 따져봤겠죠.

낙찰받고 나서 잠시 평화를 맛봤잖아요. 그 행복을 빼앗긴다고 생각하니 안 되겠더라고요. 2,000만 원보다 그 가치가 제겐 더 컸어요.

나를 일으켜 세운 스토리로 만들다

그는 사태 해결 3년 뒤인, 2021년에 그 전세 사기를 주제로 웹툰 〈루나의 전세역전〉을 연재하기 시작했다. 읽다 보면 분통 터지고 소름까지 돋는 이 실패 스토리는 갈수록 인기를 끌었다. TV 예능 〈유 퀴즈 온 더 블럭〉에도 출연한 계기가 됐다. 관련 법이 바뀌는데도 영향을 미쳤다. 임대차 계약을 할 때 임대인이 임차인에게 납세 증명서를 제시하도록 하고, 임대인의 세금 체납으로 주택이 경매나 공매로 넘어갈 경우 밀린 세금보다 세입자 전세 보증금을 우선 변제하도록 관련 법이 개정된 것이다. 법무부는 이를 홍보하는 웹툰을 그에게 의뢰하기도 했다. 〈루나의 전세역전〉은 2023년 9월 동명의 책으로도 출간됐다.

그사이 등단도 했죠?

맞아요. 한참 전세 사기로 힘들 때 시를 썼어요. 당시엔 만화에 어두운 얘기나 고통은 그릴 수 없겠더라고요. 그런 감정이 시에서 폭발한 거죠.

시는 왜 쓰게 됐나요?

백일몽처럼 시인을 꿈꿨어요. 친구가 시 수업이란 게 있다고 알려줘서 등록도 했죠. 시에 미친 사람들이 다 모여 있는 곳이더라고요. 그 분위기에 반했어요. 5년간 습작했고 네 차례 응모했는데 세 번 떨어지고 당선된 거죠.

2018년 10월, 그는 '문학사상'으로 등단했다.

시를 쓴 건 고통의 한가운데 있을 때 아닌가요?

등단작 열 편이 다 어둡고 우울해요. 그 시절에 써서 그렇죠. 전세 사기가 주제는 아니었지만, 영향이 있었겠죠. 고통이나 결핍에 관한 시가 많으니까.

전세 사기 사건이 자신한테 준 건 뭔가요?

좀 힘들거나 안 좋은 일이 일어나면 스스로 '너 그때보다 힘들어?'라고 물어요. '아니지? 그럼 됐어. 할 수 있어, 임마!' 하죠. 두 번 다시 겪고 싶지 않은 일이지만, 의미를 찾는다면 그거예요.

책에 그런 말이 있더라고요.
'지독한 인간에게 당했지만, 나를 잃지 않는 것.
그것이 인생의 전세를 역전하는 일'이라는.

냉정하게 돌아보면, 이 스토리는 결국 정의가 승리했다는 얘기가 아니거든요. 정의가 승리하려면 제가 돈도 손해보지 않고 집주인은 엄벌을 받았어야 하잖아요. 그런데 그 사람은 저를 통해 세금을 해결했어요. 돈의 가치로만 보면 그렇다는 거죠. 하지만 나는 결국 내 힘으로 극복했고 탈출했죠. 창작물로 그 사건의 의미도 찾아나가고 있고요. 내 만화를 보고 한 명이라도 전세 사기를 안 당할 수 있으면 얼마나 좋은 일이에요. 그게 그 집주인 같은 사람보다 더 잘 사는 인생이죠.

**홍인혜만의 언어로 실패의 뜻을
새로이 정의해본다면 뭘까요?**

'실패는 그 자체로 끝이 아니라는 것.' 실패 다음에 마침표가 아닌 쉼표를 찍고 싶어요. '실패,'인 거죠. 저도 당시엔 의미를 찾으면서 극복하려고 발버둥 쳤지만 잘 안 됐거든요. 하지만 지금은 역전했다고 말할 정도가 됐잖아요. 나중에라도 실패 이후를 충분히 다르게 만들어나갈 수 있어요.

그를 통해 얻은 '삶의 도'는 무엇인가요?

그간 난 멘털도 약하고 늘 징징댄다고 생각했어요. 치명적 실패를 겪으면 당연히 박살 나고 무너져버릴 줄 알았죠. 그런데 실제 그런 일을 당하니까 초능력 같은 전사의 마음이 튀어나오더라고요. 아무한테도 말하지 않고 혼자 3년을 버티면서 해결했어요. '나를 믿어야겠다.'라고 생각했죠.

삶에 지쳐 스스로 나가떨어지는 건 너무 억울한 일이라는 경험칙. 인생을 역전(逆轉)시키는 건 결국 자신이라는 진리. 그러니 때로 세상이 나를 배신해도, 내가 나를 배신하지 않으면 된다고 '루나의 인생 역전'이 말한다.

실패하는 데도
'자격'이 필요한가

카이스트 실패연구소 안혜정

우리는 이전부터 서로에게 관심이 있었다. 난 '아니, 카이스트에 '실패연구소'가 있단 말이야?'라는 생각으로 그곳을 주시하고 있었다. 안혜정 연구조교수 역시 '실패를 주제로 인터뷰를 하는 사람이 있다니?'라며 날 기억하고 있었다. 그는 한번에 반색하며 인터뷰에 응했다. '실패를 실패로 부르지 않기.' 우리 둘은 그것에 주목하는 사람들이었다. 대전의 카이스트에서 그를 만났을 때, 마치 오랜만에 벗을 만난 것처럼, 아니 오랜 시간 찾아 헤맨 친구와 마침내 상봉한 것처럼 반가웠다. 알고 보니 그는 '실패학자'였다. 2018년 정부의 '실패박람회'에 참여해 실패를 주제로 연구를 했고, 그걸 계기로 실패에 관심이 생겨 '시행착오연구소'란 이름으로 사업자 등록까지 해뒀다. 그 시행착오연구소는 결국 간판만 만들고 일은 못했지만, 카이스트 채용 면접 때 그 경험을 발표했다. 이력서에 적을 수조차 없던 '실패한 이력'이었지만, 그렇기에 실패연구소에 적합한 인재로 인정받은 건지도 모른다. "실패를 고리로 엮는 실패 이력서 같은 인터뷰"란 내 설명에 그가 무릎을 치며 반색한 이유다. 이력서에는 적지 못한 실패의 경험이 이끈 커리어, 바로 그가 걸어온 길이다.

2021년 5월 휴대폰으로 기사를 보던 그는 깜짝 놀라 침대에서 일어났다. "카이스트에 실패연구소를 만들겠다."라는 이광형 카이스트 총장의 발언을 보고서다. '실패연구소는 나만의 생각인 줄 알았는데.' 그의 심장이 뛰기 시작했다. 그보다 3년 전인 2018년 9월 '시행착오연구소'란 프로젝트를 기획했던 경험 때문이다. '개인의 실패 경험 내러티브를 드러내고 공유해 개인뿐 아니라 사회적으로도 유용하게 전환될 수 있는 방안을 모색한다.'라는 취지였다. 그 시행착오연구소는 문도 열어보지 못한 채 '폐업'했다. 기관과 단체 등에 사업 계획서를 냈지만 번번이 떨어졌다.

카이스트 '실패연구소(Center for Ambitious Failure, CAF)' 안혜정(40) 연구조교수가 실패연구소에 합류한 계기다. 그는 국내에서 찾아보기 어려운 '실패 연구자'다. 2018년 행정안전부와 중소벤처기업부가 처음 열었던 '실패박람회'(현재는 '재도전 프로젝트'로 변경)에서 '실패 의제 연구'를 맡았다. 실패박람회의 오픈 테이블 156개에서 오간 개인들의 실패 경험을 분석해 연구 보고서를 썼다. 이게 시작이었다. 그는 "실패 의제 연구를 한 뒤 실패라는 주제에 내 인생을 걸어볼 만하겠다고 판단했다."라고 말했다. 이어 사업자 등록을 하고 시행착오연구소라고 이름 붙인 프로젝트까지 만들어 닻을 올리려 했지만, 출항조차 해보지 못한 것이다.

시행착오 끝에 카이스트의 실패연구소에 와서 드디어 뜻을 펼쳐보나 싶었지만, 순탄치 않았다. 처음 1년은 '실패연구소에 들어온 내 선택이 실패구나.'라는 생각이 들 정도였다. 2023년 언론의 집중 조명을 받은 '실패주간'도 한 번의 실패 끝에 치러진 행사였다. 학생들에게 매달 발송하는 실패연구소의 뉴스레터조차 "받는 사람이 메일을 수신 차단하였습니다."라는 '발송 실패' 메시지가 돌아오기 일쑤였다. 성과로 구성원을 독려하고 자극하는 문화가 보편적이었던 카이스트에서 '실패로 말 걸기'는 그만큼 힘들었다.

그는 말했다. "아마 저 역시 이력서에는 적지 못한 실패의 이력 덕분에 실패연구소에 오게 됐을 거예요." 원래 그는 '사회 및 문화 심리학'으로 석사(2013)와 박사(2019) 학위를 받은 심리학자다. 그런데 일로 쌓은 경력은 문화 정책이나 문화 행사 기획이 대부분이다. 광화문 광장 조성 사업 문화 영향 평가 연구, 지방자치단체의 문화마을 조성이나 관련 콘텐츠 개발 방안 연구 같은 사업에 다수 참여했다. 전주세계소리축제나 제천국제음악영화제 등 국제 문화 행사 평가에도 연구원으로 이름을 올렸다. "전공 분야와 그간 해온 프로젝트가 언뜻 봐선 잘 이어지지 않아 애매한 이력이죠. 처음 실패연구소에 지원할 때도 연구 이력을 주로 본다면 '광탈(빛의 속도로 탈락)'할지 모르겠다고 생각했어요."

섭외 연락에 그의 목소리는 평소보다 한 옥타브가 올라간 듯했다. 대전 유성구 카이스트 본원에서 그를 만났다.

인터뷰에선 '실패'라는 단어가 난무했다. 그래서 더 유쾌했던 '실패연구소의 실패연대기'다.

내 인생을 실패에 걸다

'2018 실패박람회'에는 어떻게 참여하게 됐나요?

박사과정을 밟고 있을 때 실패 의제 연구의 연구원으로 참여하게 됐어요. 시작은 우연이었던 거죠.

실패 의제 연구가 뭔가요?

실패박람회 메인 행사가 오픈 테이블 156개를 설치해서 분야별, 주제별로 참여자들이 실패 경험을 나누는 거였어요. 당시 오간 대화를 기록한 녹취록을 바탕으로 질적 연구를 한 거죠.

**실패박람회도 그렇지만 실패 의제 연구도
한국에선 드문 연구였을 것 같아요.**

전례가 거의 없었죠. 해외엔 실리콘밸리의 (실패 콘퍼런스인) '페일콘(FailCon)'이나 핀란드의 '실패의 날' 등이 있지만. 당시 느낀 건 참고할 만한 이론적 기반이나 도서, 전문가가 참 없다는 거였어요.

실패 의제 연구의 결론은 뭐였나요?

실패와 그로 인해 느끼는 감정은 상대적이라는 것이었어요. 한국 사회에선 실패담보다 성공담이 더 많이 회자되잖아요. 참여자들은 그래서 실패 경험을 얘기한다는 것 자체가 새로운 경험이었다고 말했어요. 게다가 나만의 경험인 줄 알았던 실패가 알고 보니 누구나 겪을 수 있는 경험이었다는 점도 참여자들이 확인한 것 중 하나였죠. 실패를 둘러싼 사회적 관념이 제한적이었던 거예요. 실패의 경험을 공유해서 사회적 자산으로 만들 필요가 있다는 것도 결론 중 하나였어요.

실패 의제 연구를 하고 나서 느낀 게 있나요?

실패라는 주제에 내 시간을 걸어볼 만하겠다는 거요. 제 전공(사회 및 문화 심리학)은 결국 개인의 경험을 통해 사회 구조나 제도의 문제를 들여다보는 일이니까요. 실패를 놓고 사회에 유용한 프로젝트를 할 수 있겠다는 생각이 들었죠.

그래서 '시행착오연구소'를 만든 건가요?

시행착오연구소는 조직이 아니라 프로젝트 이름이에요. 사람들의 실패 경험에서 내러티브를 끌어내고 공유해서 사회적으로도 의미 있는 자산으로 만든다는 취지였죠. 나중에 카이스트 실패연구소에 와서 보니 실패연구소의 설립 의도와 굉장히 흡사해서 놀랐어요.

시행착오연구소 프로젝트는 잘됐나요?

문화체육관광부 산하기관이나 유엔 산하기구가 광역 단

체 등과 공동 개최하는 창업 경진 대회 같은 데 기획안을 냈는데 다 탈락했어요. 시행착오연구소 프로젝트를 과연 어디서 해야 하나 혼란에 빠졌던 시기죠. 그러니까 간판만 만들고 실행을 해보지도 못한 거예요. 카이스트 실패연구소도 실은 시행착오연구소라는 아이디어 때문에 지원했는데, 이력서에는 쓰지도 못했죠. 성과가 없으니까.

그는 시행착오연구소의 시행착오 이후엔 진로를 틀었다. 서울시 시민소통담당관실에서 시정 여론조사를 총괄하는 임기제 행정 6급 공무원을 시작한 것이다. 그러던 중 카이스트가 실패연구소를 만든다는 기사를 보게 됐다.

이광형 총장의 취임 일성 중 실패연구소 설립 계획이 있었죠?

그때 기억이 아직도 생생해요. 침대에 비스듬히 누워서 휴대폰으로 기사를 보다가 벌떡 일어난 거예요. '뭐라고? 실패연구소?' 실패를 주제로 연구소가 필요하다고 주장하는 사람은 저뿐이라고 생각했거든요.

그래서 어떻게 했나요?

처음 든 생각은 '실패연구소에선 어떤 사람이 일할까?'였어요. 그런데 마침 연구 교원을 모집한다는 공고가 났더라고요. 제가 이곳에 관심이 있다는 걸 안 지인이 말해줘서 알았어요.

바로 지원했겠네요?

안 했어요. 친구들도 의아해했죠. '카이스트 실패연구소 얘기를 할 때가 최근 몇 년 동안 가장 신나는 표정과 목소리였는데 왜 지원하지 않았어?'라면서요.

그러게요. 왜 지원하지 않았나요?

내 커리어가 과연 실패연구소에 맞을까 걱정도 됐고요. 당시 다니던 서울시가 직장으로서 안정적이기도 했거든요. 그런데 한 달 만에 또다시 공고가 난 거예요. 마감이 4, 5일 남았을 때 우연히 석박사 커뮤니티 플랫폼에서 보게 됐죠.

카이스트는 왜 한 달 만에 다시 사람을 뽑은 건가요?

나중에 알고 보니 합격자가 오지 않겠다고 해서 급하게 다시 모집 공고를 낸 거더라고요. 아무튼 두 번째 공고를 봤을 땐 '다른 건 모르겠고, 이번에 지원하지 않으면 후회할 것 같다.'라는 생각에 지원서를 냈죠. 탈락하더라도 전형 과정에서 실패연구소가 어떤 일을 하는 곳인지 확인하는 것만으로도 성과일 거라고 생각하고 지원했어요.

이력서에 적진 못했지만,
시행착오연구소를 언급할 기회가 있었나요?

서류 심사 통과자를 대상으로 면접 때 사업 계획 프레젠

테이션을 했거든요. 그때 얘기를 했어요.

그는 합격했고, 2021년 10월부터 카이스트 실패연구소의 유일한 연구조교수로 일하고 있다.

실패연구소에 온 게 실패인가

**카이스트 내에서 실패를 바라보는 시선이나
분위기가 어땠는지 궁금해요.**

조심스러운 얘기인데, 솔직히 카이스트는 제가 경험한 그 어떤 조직보다 성공 지향 문화가 강한 곳이었어요. 예를 들어 출근해서 학교 포털 사이트에 들어가면 학교 구성원이 이룬 크고 작은 성과들이 팝업 메시지로 떠요. 이메일이나 뉴스레터로도 수시로 공유되죠. 그걸 보면서 '구성원들의 성취 압박이 상당하겠구나.'라는 생각이 들었어요.

실패연구소의 실무자는 몇 명인가요?

소장님을 제외하고 저와 행정 업무를 담당하는 직원이 있어요. 상근 연구조교수는 저 하나예요. 내·외부 위원으로 이뤄진 운영 위원회가 있고요.

업무를 하기 쉽지 않았겠네요.

처음에 와서 한동안 '내가 실패연구소에 온 선택이야말로 실패다.'라고 생각한 순간이 많았죠.

왜 그랬나요?

혼자서 개척을 해나가야 하니까 불안하기도 하고 외로움도 컸어요. '내가 하는 게 맞나?' 싶어 상의하려고 해도 고민을 나눌 사람이 없었으니까요. 소장님은 하고 싶은 건 뭐든지 해보라고 하셨지만, 제겐 말 못할 고충이 있었던 거죠. 어느 날 동생이 그러더라고요. '옛날에 시행착오연구소 때 만든 사업 계획이 있잖아. 드디어 그걸 실행해볼 기회가 생긴 거 아니야.'라고. 돌아보면 시행착오연구소 때 만든 기획안을 거의 다 실행했죠.

실패 인식 조사, '실패 에세이' 공모, 실패감을 떠올리는 일상의 장면을 사진으로 찍어 그 감정을 얘기하고 나누는 '포토 보이스(photo voice)' 연구 프로젝트 등이다.

프로젝트를 수행하면서 힘들었던 점은 뭐였나요?

카이스트 안에서 실패라는 주제를 말하는 것 자체가 힘든 일이었어요. 외부에서 오히려 관심이 컸죠. 운영 위원회 외부 위원들도 적극적으로 의견을 주시고요. 그런데 정작 학생들에게 실패연구소의 프로젝트를 던지면 먹히질 않았어요.

학생들은 실패연구소를 어떻게 생각하던가요?

실패연구소가 매달 뉴스레터를 전 구성원에게 보내거든요. 그런데 뉴스레터를 받고 싶지 않다는 회신이 꽤 왔어요. 어떤 학생들은 '제발 보내지 말아주세요. 내가 마치 실패한 사람처럼 느껴져요.'라면서 읍소하듯 요청하기도 했죠. 실패연구소 뉴스레터를 스팸 처리하는 이용자도 매달 늘어났어요. 지금도 330건 정도 돼요.

성공해야만 말할 수 있는 실패

실패연구소가 학생들 상대로
프로젝트를 하기 쉽지 않았겠네요.

그중에서도 '망한 과제 자랑대회'가 특히 그랬어요.

'실패주간' 때 가장 크게 주목받은 행사 아닌가요?

그렇죠. 제가 실패연구소에 오고 나서 소장님과 한 첫 미팅에서 냈던 아이디어였어요. 정말 하고 싶었죠. 이 행사는 학생들이 주도해야 의미가 있다고 생각했어요. 그래서 총학생회나 학내 관련 동아리에 협력 의뢰를 했죠.

반응이 미온적이었나요?

기억나는 반응 중 하나가 '실패를 공유하자는 취지가 언뜻 들으면 좋게 느껴지지만, 학생들은 주저할 것이다. 실패는 성공했다는 알리바이가 있어야 말할 수 있는 주제 아니냐.'라는 거였어요. 아직 뭔가 이룬 게 없는 학생들이 망한 과제 이야기나 실패를 드러낼 때 과연 자신이 어떻게 보일지 불안감이 클 거라는 뜻이었죠.

그 얘기를 듣고 어땠나요?

공감이 되기도 했어요. 실패를 애기하는 데 '자격'이 필요하다고 생각하는 거죠. 그렇지 않으면 그저 '루저'라고 낙인찍힐 수 있으니까. 학생들 반응이 그러니까 자신이 없어지더라고요. '망한 과제 자랑대회'를 성공시킬 자신이 없었어요.

그게 2022년 4월의 일이었다. 그런데 1년 6개월 만에 상황은 달라졌다. 2023년 10월 23일부터 2주 동안 아예 '실패주간'을 선포하고 덩치를 키워 행사를 치렀다. '망한 과제 자랑대회'도 물론 성공했다.

첫해와 달리 어떻게 실행하게 됐죠?

포토 보이스 연구의 영향이 커요. 연초 학생 31명을 모아서 일상에서 실패감을 느끼게 하는 장면을 찍은 뒤 그 사

진을 가지고 감정을 나누는 연구를 했거든요. 어떻게 하면 자연스럽게 학생들에게서 실패를 끌어낼 수 있을까 고민하다가 나온 아이디어예요. 포토 보이스는 본래 연구 방법 중 하나예요. 실패 포토 보이스 연구 결과를 토대로 학내 단체에 다시 의뢰했더니 이번엔 긍정적인 반응이 나왔죠. 실패를 공유해야 하는 이유나 필요성을 체감하는 데 도움이 된 거예요.

포토 보이스에 참여한 학생들의 반응은 어땠나요?

학생들이 찍어온 사진 중 기억나는 게 청둥오리 사진이

에요. 학교 연못에 청둥오리들이 살거든요. 그런데 그 학생이 찍은 사진 속 청둥오리는 연못이나 그 옆 잔디밭이 아니라 보도블록에 있었어요. 그 사진을 보자마자 다른 학생이 '저거 제가 낸 건가요?' 하는 거예요. 보도블록을 걷는 청둥오리를 보고 평소 비슷한 감정을 느낀 학생이 많았다는 뜻이죠.

뭐라고 설명하던가요?

있어야 할 곳이 아닌 데에 있다는 감정이었어요. 카이스트 안에 있다 보면 그렇게 느낄 때가 많다고, 그래서 보도블록의 청둥오리를 보면서 마치 자신을 보는 듯했다는 말이었어요. 그런가 하면 커다란 나무에 초록빛의 나뭇잎이 가득한데 그 사이에서 홀로 시든 나뭇잎 하나를 찍은 학생도 있었어요. 그 사진에도 꽤 많은 학생이 공감했어요. 일반고 출신이거나 카이스트가 아닌 곳에서 학부를 마친 학생들이 주로 그런 감정을 느끼더라고요.

포토 보이스에 참여한 학생들의 변화가 느껴지던가요?

한 학생의 반응이 기억에 남아요. 처음엔 '실패연구소는 나를 연구하는 덴가?' 싶었대요. 자신이 실패하고 있다고 느껴져서. 그런데 3주간 포토 보이스 연구에 참여한 뒤엔 '내 삶에 실패가 별로 없는데 나는 왜 내가 실패자라고 느꼈지?'라는 생각이 들더라는 거예요. 그러면서 '이런 발견이 나의 삶엔 성공이고 실패연구소의 이 프로젝트에는 실패일 것'이라고 하더라고요.

**아마도 카이스트라는 특수한 공간이
주는 실패 감정이겠지요.**

맞아요. 학생들이 낸 '실패 에세이' 중에서 '어쩌면 카이스트에 온 것부터가 실패의 시작인지 모른다.'라는 내용을 인스타툰(인스타그램 카툰)으로 만들었는데, 가장 많은 '좋아요'를 받았어요. 뭔가 시도했다가 실패해서 드는 감정이 아니라 카이스트의 다른 구성원을 보는 것만으로도 조급한 감정이 들어서 실패하고 있다고 느끼는 거죠.

삶의 순간들을 잇자 나타난 우주

2주간 열린 카이스트의 첫 '실패주간' 행사의 하이라이트는 '망한 과제 자랑대회'였다. 교양 수업이 이뤄져 학생들이 가장 많이 오가는 공간인 창의학습관 로비에서 열렸다. 언론이 취재하기엔 좁고 불편할 수 있지만, 행사의 주인공인 학생들이 참관하기엔 최적의 장소였다. 행사의 주인공인 학생들을 고려한 결정이었다.

어떻게 이뤄졌나요?

모두 열 명이 발표자로 나선 뒤 청중으로 참여한 학생들의 투표로 순위를 가리는 방식이었어요. 초기부터 외부의 관심이 너무 커서 실은 망했다 싶었어요. 그런데 대회당일에 무척 놀랐죠. 발표가 시작되자마자 공간의 공기가 바뀌는 거예요. 발표를 듣는 학생들의 집중력이 대단했어요. 엄청 귀를 기울이더라고요. 약 100명이 청중으로 참여했고 그중 80명이 투표했어요. 발표자 한 명당 5분씩 발표해 90분간 이뤄진 행사인데 이 정도면 참여율이 높은 거예요.

우여곡절 끝에 열렸지만 성공한 거네요.

선례를 만들었다는 게 가장 큰 성과라고 생각해요. 인지도를 높이자는 목표도 있었는데 확실히 효과가 있었고요. 학생들에게 실패를 주제로 말을 걸고 싶었거든요. '실패를 입 밖에 내어보니 의외로 다른 사람도 나와 비슷하구나.'라는 걸 느낄 수 있도록.

카이스트 안에서 '실패의 언어'를 만들고 싶었던 거다.

2018년부터 계속 '실패'와 함께 살고 있으니,
자신의 실패를 생각할 기회도 많을 것 같아요.

따져보면 제 이력서는 설명이 많이 필요한 이력서거든요. 그래서 스스로 쪼그라들 때가 많았어요. 학계에선 '심리학 전공자가 문화 정책이나 문화 기획 프로젝트를 많이 했네.' 싶을 거고, 문화판에선 저처럼 심리학 전공자가 거의 없고요. 하나의 큰 줄기로 설명되지 않는 이력서죠. 그래도 이력서 행간에 실패의 경험과 도전이 많으니 서류 심사는 몰라도 면접에서 떨어진 적은 거의 없어요.

실패연구소의 연구조교수로서
실패를 정의하면 뭐라고 생각하나요?

결국 시간이 지나고 봐야 그 의미를 알 수 있는 것이죠. 콜럼버스는 인도를 찾아 항해를 시작했지만, 도착한 곳은 아메리카 대륙이었잖아요. 그 사실을 알았더라면 콜럼버스의 입장에서는 실패였겠죠. 그러나 지금 우리는 아무도 그걸 실패라고 하지 않잖아요. 신대륙 발견이라고 평가하지. 실패란 '시간이 지남에 따라 다르게 해석되고 활용되는 경험'이라고 생각해요.

그 실패의 경험에서 길어 올린
'삶의 도'가 있다면 뭘까요?

'쓸모없는 경험이란 없다.' 길게 보면, 지금의 경험은 인생의 과정일 뿐이죠. 저 역시 시행착오연구소를 기획한 당시엔 실패했지만, 그 덕에 실패연구소에 오게 됐잖아요. 스티브 잡스의 말처럼 'Connecting the dot(모든 과거의 경험이 하나로 연결돼 큰일을 할 수 있다.)'이죠.

이 책의 취지는 이렇다. "실패를 키워드로 한 사람의 인생을 다시 엮어보는 시도. 실패를 테마로 한 '실패 이력서'다. 이를 바탕으로 실패를 바라보는 고정관념을 반전시키고, 실패의 역동성과 가능성을 가늠해본다."

그를 인터뷰하면서 머릿속에 내내 '실패 이력서'가 떠오른 이유다. 성과를 나열한 이력서가 아닌 '실패 이력서'를 써봐야 하는 것 아닐까. 'Connecting the dot.'을 곱씹어볼수록 지금의 이력서는 절반짜리라는 생각이 들어서다. 이력서에 없는 행간의 가치를 스스로 인정하는 데서 고유한 자산은 만들어질 테다.

우리의 실패가 쌓여 우주가 된다

1판 1쇄 발행일 2025년 1월 13일

지은이 김지은

발행인 김학원
발행처 (주)휴머니스트출판그룹
출판등록 제313-2007-000007호(2007년 1월 5일)
주소 (03991) 서울시 마포구 동교로23길 76(연남동)
전화 02-335-4422 **팩스** 02-334-3427
저자·독자 서비스 humanist@humanistbooks.com
홈페이지 www.humanistbooks.com
유튜브 youtube.com/user/humanistma
페이스북 facebook.com/hmcv2001 **인스타그램** @humanist_insta

편집주간 황서현 **편집** 최현경 임미영 **디자인** 유주현 **사진제공** (주)한국일보사
조판 홍영사 **용지** 화인페이퍼 **인쇄·제본** 정민문화사

ⓒ 김지은, 2025

ISBN 979-11-7087-284-9 03810